杀戮带来大商的繁荣

还有噩梦

日复一日

直到你死

The war

Bring prosperous of

The shang dynasty

And slaughter

Day after day

Till you dead

商魇

王晓璇◎著

当代世界出版社

十七岁的那段躁动不安的季节

孕育着伤痛 憧憬 短暂的惊惧

和长及一生的相思

记得我经常深夜陷在梦魇的压迫中

光怪陆离的梦境重复

一遍又一遍

醒来时只有窗外那块青森的夜空

与孤寒的枕头

那时最让我感到暖意的画面就是

起风的冬夜

残缺的路面

怅寥的小吃摊上

一碗热气腾腾的蛋花汤

——王晓璇

王晓璇力图在古代话本气质、新世纪主流语汇和戏剧体形式构成的三角里寻找一个中心点作为写作的风格，向四周辐射光芒。无论是从它的内容层次，还是从它所反映出的作者的思想深度来说，《商魇》都应该是80'后作家的小说里最好的一部。

——寒山夜雨（时尚杂志主编）

小说所表现出来的深邃，沉稳，大气，准确，精到使王晓璇与同时代的少年作家们明显划开了一条界线，他不仅表现出了超长拔萃的才气，更表现出了他扎实的知识储备与精益求精的写作态度。

——许春樵（著名作家）

千万不要把《商魇》当成正儿八经的历史小说来读。我们不妨把它看成是作者为我们精心构筑的发生在神秘的商代的有关忠诚和荒芜的故事。很高兴能够看到一个二十岁的男孩子如此探索地去描摹那个遥远的时代风貌。这本身就是值得表扬的事情。

——斯男（黄金书屋网络文学评论员）

无论是从缜密的构思、独特的选材，还是从快速的叙事语言来看，王晓璇都称得上是八十年代后出生的作家中最具潜质和创造力的一位。读《商魇》比读那些毛头小青年写的风花雪月和玩世不恭的调侃的好处在于：它拓宽了我们的思维空间，并引起了我们对作者塑造的那个白衣飘飘的商朝的神往。我个人给这部诚意之作打 98 分。

——20.30.40（搜狐网络写手）

通过《商魇》可以看出作者的风格：犀利、不动声色、不矫情、不装蛋，不卖弄，这些恰恰是当今一些年轻作者所没有的。

——嘉宝（网易人气作者）

晓璇把我们带进了他创造出的商代。这里有隐忍、杀戮、忠诚、背叛、血腥、乱伦，包容了各种类型化的情节，场景的设计也都兼备了美感、冲击力和深沉的压抑。最后独立出来的两段文字，两段对武丁、傅说这对兄弟的身世死因迥然不同的介绍，把小说的境界提升到一个新的高点。何为正史？何为野史？人性的最深处是什么？是自私、冷漠？还有宽容，宏博？

——河滨公园

至少《商魇》可以让那些成天只知道批评年轻作者光会情情爱爱的评论家们暂时 shut up!

——爱了就爱了

序一 自古英雄出少年

著名作家　许春樵

如果不看作者简介，你很难把一部凝重深邃、艺术纯粹的长篇小说与一位不到二十岁的学生联系起来。

王晓璇是一位大学二年级的学生，王晓璇是历史长篇小说《商魇》的作者。

王晓璇出生的时候正是文学在影响和改造着中国历史的繁荣时期，他不可能感受到那个时代中国的文学如同欧洲文艺复兴时期一样的狂飚突进与革命性的姿势，文学承载着思想启蒙与拯救灵魂的历史重任，那个时代的作家更像一个战士，也像一个传经布道的教父。而王晓璇如今的时代，灯红酒绿背景下的迅速物质化与醉生梦死的消费性人生使后现代写作成为一种可能与事实，文学已经被挤到了神圣的边缘，边缘化的文学有理由轻松随意，甚至可以胡作非为。用上半身构思，用下半身写作，文学不再是作家的个人意志、个人风格的价值体现，文学像啤酒、面包、炸鸡腿一样被各种味觉的牙齿消费。艺术不是创造而是制造，文学不是想象而是捏造，这不是词汇的不同选择，而是传统与经典的文学艺术整体价值观的堕落与毁灭。如果文学仅仅是一种游戏或供人把玩的玩物，上网吧打游戏或在网上结婚比文学阅读要好玩得多。

王晓璇的长篇历史小说《商魇》不管如何进行商业炒作，但就其价值立场和提供的审美能力来看，很显然已超越了当下的文学阅读趣味与消费主义阅读理想。《商魇》是通过商王武丁饱受坎坷、反复无常、狐疑暴戾、残忍无道、人性分裂的一生执政经历，揭示了前文明时期历史前行所付出的血腥成本和兽性代价，在拆解历史黑洞的同时，重建了关于历史真相与历史书写之间的新的秩序。司母戊鼎的真实在哪里，傅说之死的真相是不是如《殷商谱》记载的那样？年轻气盛的王晓璇以他超凡脱俗的惊人的想象力对历史的真相进行了一次大胆的重建。这不只是需要勇气与才情，而是需要一种历史态度，《商魇》在全面暴露武丁所代表的奴隶制王朝的血腥暴政的同时，实际上是人性与人本的立场对抗着前文明时代的非人与兽性，这一隐形的价值立场在年轻的王晓璇的写作中贯穿了始终。以人性对抗兽性，以人道反抗暴虐，以善抵抗恶在殷商时代虽然不堪一击，但这以卵击石的对峙多少流露出了人性与本能的光辉。克罗齐说"一切历史都是当代史"，王晓璇笔下的历史是他自己认识历史的视角与价值判断，而他的视角与判断显然不是戏说，也不是一种流行的历史辩证法。他是从人性与兽性的尖锐冲突中，从权力分配的无序中揭示那种灭绝人性的历史前进的必然性。这应该是一种认识价值。奥地利小说家布洛赫说："发现只有小说才能发现的东西，这是小说存在的唯一理由。"认识是小说唯一的道德。《商魇》提供了一种认识价值，而不是娱乐价值。所以说，《商魇》是一部具有艺术纯粹性的小说。对于一位不到二十岁年轻人所做的这一努力，它使我们感受到了文学的神圣性被一群更为年轻的作家们坚守和捍卫。文学因此而继续崇高着。

王晓璇用了近四年的时间完成这部长篇小说，他所做的扎实的资料工作与案头准备，使这部长篇历史小说首先从形式层面上还原了历史真实，书中关于商代的礼仪、习俗、官阶、建筑、战争、风土、占卜、医术、冶炼等都最大可能地切合了时代真实。小说所表现出来的深邃、沉稳、大气、准确、精到使王晓璇与同时代的少年作家们明显划开了一条界线。如今的少年作家们更多地靠才情和感觉体验过日子，而王晓璇与他们不同的是，他不仅表现出了超常拔萃的才气，更表现出了他扎实的知识储备与精益求精的写作态度。一般说来，早熟容易早衰，才气作为一种禀赋是容易耗尽的，最后真正的较量是学养、境界以及所相随的思想深度与高度。如果说文学是提供给读者认识人生与社会的一种媒介，学养与思想则是认识价值产生的基本前提。"托尔斯泰当然不是写聂赫留朵夫良心发现，他想告诉人们在神或宗教的感召下，作恶的人是需要赎罪的。忏悔是人性向善的美德。"（巴尔扎克语）从这个意义说，我更看好王晓璇是因为他沉着、冷静、踏实、求真、向善，他有很好的学术理想与学养追求，少了同辈作家们挥霍才气拒绝读书、拒绝深刻的盲目。文学不是烤羊肉串，现烤现卖。文学是一项长期的事业，文学更像中医，需要修炼和实践，方能修成正果。做文学不能仅仅是为了挣钱或出名，要有大师的追求，哪怕做不成大师，但不能放弃大师的目标。这需要隐忍和坚持，虚骄浮躁、急功近利最容易摧毁文学意志。从王晓璇的第一部长篇小说的写作经历来看，王晓璇的耐心、扎实、毅力、才情、智慧已呈大气之象。

王晓璇的小说语言非常纯熟而老练，简直就不像一个不到二十岁的年轻学生写的。他与同时代的少年作家相比，他的古典文学功底很深厚，书中《王在》、《有美》等大量的词赋都是他自己创作的，合韵用典，信手拈来，收放自如，才情洋溢。小说基本上采用了明清小说的叙述语调，而难能可贵的是，在一些不经意的描写中，王晓璇的叙述语言又带有明显的西方现代小说的叙述格调，大量的感觉、意象、复调性语汇使其小说语言具有独立的审美价值，在传统与现代的嫁接上，王晓璇比同时期的少年作家们做得更加突出。

王晓璇的故事能力很强，他很好地控制了小说中的戏剧性冲突，将武丁与王妃、同僚、家族之间的恩怨情仇错综复杂地纠缠在整部小说中，在变化中推进故事，在推进中制造新的冲突，形成了一种连环式的故事链。小说充满了悬念与阅读张力，让读者欲罢不能。这种整体性结构故事的能力也是王晓璇的重要优势之一。

看王晓璇的《商魇》是令人激动的，一是他这样的年纪写出如此厚重而让人震撼的小说，二是他有着如此扎实的文学能力与诚实的写作态度，三是他有着超出同辈的思考力量与综合性的小说才能。王晓璇的起点很高，如果能坚持以《商魇》的态度和付出去进行写作，我们就会觉得用"自古英雄出少年"命名王晓璇是非常恰当的。

序二 80'后作家群中的一曲独舞

时尚杂志主编　寒山夜雨

　　初识晓璇，源于他发表在广州一家很有名气的刊物上的短篇小说。那时他刚开始尝试写作，但是出手不凡令我大为惊叹。绚丽繁茂、古韵醇厚的典雅文采、惊世骇俗的故事和离经叛道的写法显露出这个男孩子掩藏不住的才情和睿智，同时也把他和其余80年代后出生的作者区分开来。

　　一次去南京采访，组稿，吃饭的时候作家苏童也在，记得当时那部根据他的小说《米》拍摄的《大鸿米店》刚刚被国家电影局解禁。他说的这么一句话我记得很清楚。他说80'后的新生代们锐利机灵，但风格总是相似，有千篇一律之感，看一个人的书等于把所有人的书都看了。

　　我比较赞同苏童先生的观点。去看看现在的图书市场吧！一位作者写青春成长小说出名后，大家都来跟风。无病呻吟，矫揉造作的风气弥漫全国。翻开他们的书，里面空洞肤浅，鸡毛琐事能敷衍成洋洋洒洒的几万字。再有几个孩子玩弄文字游戏、嘲讽社会制度引起了众人注意，书本顺利出版并畅销，名利双收。又一批少男少女敲击看电脑键盘，故做一副愤怒或无赖状，炮制出一摞摞教人如何玩世不恭的书投向市场。还有些为出名不择手段，专门以自己或者瞎编出来的性经验为写作资源的"美男""美女"作者们写出来的东西不仅毫无价值，而且会毒害青少年受众的思想，实在应该禁止发行。

2003年的春节期间，我正准备策划一期栏目，请十位新生代作者来广州拍照、座谈，让他们这些有想法、创造性强的年轻人用自己的切身感受来诠释如今流行的时尚元素。晓璇也被列入我开出来的邀请名单中，虽然他那时初出茅庐，与其余九位走红的少年偶像相比没有知名度。但我相信如果他按照处女作《踏破长安月》的风格走下去，不出几年一定会闯出属于他的天空。《踏破长安月》一篇给予我的震撼至今还是很强烈的。万余字的篇幅，近三十位人物的相继出场，超快的叙事速度，可以演绎出大部头长篇的复杂故事，这么多特点都是80'后作家作品中从未出现过的。

后来这项计划未能如愿，都是因为那场让中国人不堪回首的非典型性瘟疫。它第一次使我们这些一直生活在安逸、和谐之中的人感到了死亡随时降临的威胁。机场路上涌动着戴着白口罩的人们。邀请单里的一位作者去了温哥华读学士学位，还有几位不愿意在这个时候赶到羊城。最后我只好撤销了这项栏目，换上了一期介绍都市时尚汽车的专栏。

在接下来的时间里，晓璇一直很努力，没有丝毫懈怠。慢工出细活的他雕琢出的作品可谓篇篇精彩：《玫瑰迎风斩》、《五十七年的血和恐慌》、《虞姬虞姬》……除了《五十七年的

血和恐慌》是运用娴熟的现代派技术进行写作的外，从剩下的作品里均可以看出他对历史、对古典文学的热爱，而他架构故事的能力又堪称一绝，总能在很短的篇幅里安排错综复杂的人物关系，埋伏一触即发的戏剧冲突。快节奏的叙事又在极大的程度上契合了现代人的阅读习惯，观罢引人遐思无限。王晓璇力图在古代话本气质、新世纪主流语汇和戏剧体形式构成的三角里寻找一个中心点作为小说写作的风格，向四周辐射光芒。

终于等到了这部晓璇向我描述过许多次的《商魇》。先前在电话里听到他的大概创意后深感惊喜，就半开玩笑地鼓励他，好好写哟，说不定以后还能把它做成电影，冲击奥斯卡呢！而没想到当我真正阅读完全书时，我觉得我连赞叹的资格都没有了，剩下的仅仅是钦佩和酸溜溜的自叹不如了。晓璇果然在这本书中完美地实现了他的想法，创造出一个前人极少涉及的历史三维空间，整体内容厚重、凝浑，构思精妙，故事好看，行文气势恢宏却有着举重若轻的洒脱和淡定、从容，语言犀利、冷峻中不失典雅，劲扫当今虚弱、萎软的文风。无论是从它的内容层次，还是从它所反映出的作者的思想深度来说，《商魇》都应该是80'后作家的小说里最好的一部。与我有过接触的广州几家影视公司看过它后，一致认为精彩纷呈，内涵深远，是投资做影视的很好项目。

特别值得称道的是，在《商魇》的写作中，晓璇居然流露出了美国作家海明威（代表作《永别了，武器》、《老人与海》）的"冰山"风格，叙述精练而简洁，节奏有力，用含蓄洗炼的语言文字塑造鲜活可感的形象中，让读者去想象和感受

"水面以下冰山的八分之七"，去挖掘作品的意义。比如：

酷热的夏天过去了，清凉的秋天也过去了，马上就要到落雪时节了。天气的变化使有些羸弱的战俘生出疾病，死了或干脆被监军丢在半路等死。队伍的人数每天都在减少。傅说不知道这些士兵究竟要把他们带到哪里。

再比如那段极富画面感的暴力场景展示：旷邈萧索的荒塬上密密麻麻地扎满了大木桩，一共两千三百六十八根，正是奴隶人数。商军集体出动，一个时辰后把奴隶们全部倒吊在木桩上。这些奴隶目光浑浊恍惚，他们像柔弱的绵羊一样，只能等死。

一百八十名手执利刃的军士深入到桩林中。

他们割断奴隶的脚脉、手脉和喉管，于是滚烫的鲜血源源不断地泻进事先放在每根木桩脚下的铜盆里。

奴隶们发出痛苦而微弱的呻吟，直至血尽人亡！

整个荒塬回荡着两千多人的血一起溅到铜盆发出的宏大整齐的恐怖之音！

像电影镜头一样明快清晰而令人震撼，使人仿佛置身于古老野蛮的仪式现场，浓厚的血腥气味扑面而来。晓璇非凡的写作功力和天马行空的想象力可见一斑。

相信《商魇》的面市会造成轰动，引起人们对晓璇关注的同时也改变对80'后作家风格千篇一律没有新意的看法。80'后作家里也有独树一帜，与众不同。如果说现在的大多数少年作家在随波逐流，染发，打耳环，唱着HIP-POP，跳着街舞的话，那么晓璇就是独自在纷乱摇曳的光影里，在古典而又时尚

的音乐中旋转着严谨、优雅、抒情舞步的潇洒者。祝愿他舞出越来越多的精彩！

2004.11 *广州*

目 录

目录

青铜大鼎　　甲骨卜辞

征战天下　　人殉人祭

梦呓迷离　　挣扎绝望

遥远神秘　　魂归殷商

公元前一六零零年至公元前一零四六年，是中国的殷商时代。开国君王成汤推翻夏朝暴政建立了历史上第二个崭新的奴隶制大国，共传十七代，三十一王。

武丁是商朝中后期的名王，在位前期励精图治，拓宽疆土，使商朝国力达到空前绝后的鼎盛期，死于公元前一一九二年，史称"商高宗"。

傅说是武丁年少在青铜作坊为奴时结识的大哥，后来被武丁提拔当了国相，助武丁征战天下，声讨四方，官居显赫的傅说终以饿死狱中收场。

兰渚以前是傅说的女人，到头来竟成了武丁的兰妃。

美戊被武丁尊称为"母戊"，因为她是他的生母。一段淫冶败德的丑闻发生不久，武丁便创造出了那个后来被无数人交口称赞的"司母戊大方鼎"。

进入故事

大　统

公元前一二二七年即小乙二十三年殷历九月初八，在入秋以后降下的第一场萧疏寒凉的冷雨中，十五岁的武丁被数十列长漫而华丽的王车接回殷都。当时那种豪奢的阵势后来在东汉末年的文学家秦子昆的笔下，演变成其著作《殷商谱》里洋洋百言的汉赋。

连续三日的颠踬路途使武丁的肠胃里翻江蹈海，等他把头探出雕琢缛丽的车窗狂呕滥吐时，听见御车的蒯冉说：

王子请看，前方正是国都。

武丁顺势望去，看见了笼罩在一片暗淡凄迷水雾中的离开九年的都城。武丁从衣襟里翻出最后一只烘山芋，他用力嗅了嗅，发现山芋的深处传来了隐秘的腐臭的气味。他扬了扬手，粗鄙的生活便伴随着山芋轻快地飞出了车厢。

一阵粗犷的角声惊醒了正在恍惚遐思的武丁。原来是欢迎四王子归国的仪式开始了。殷都外城那古朴的城楼上站满了手持号角身穿青铜甲胄的兵士。入城的号角豪迈中分明透出一股逼仄而锐利的孤凄。武丁望着满布苔藓的班驳城墙从窗里急速掠过，他把手伸出窗外去，结果只留下暗红色的苔痕在手指上。

马蹄疾驰，王车轰隆，不久便到了内城。原来殷都沿洹水修建，平面随地势走向呈方形，共有外、内、中三重版筑古城墙。三重城墙外都有险峻的城壕及幽深的护城河逶迤环绕。殷都共计十二个城门，每重城墙各有四个，每座城门外皆设有瓮城，上面建有高耸的敌楼。殷都宽阔的外城，为平民及各部的基层人员委身之所，为了迎接武丁回宫，特意修筑一条王道以供马车行走，军士及捕快均分列道路两旁。而内城乃显赫权贵所在之处，迎接仪式比起外城自然壮观许多。身着白鹿皮军服的号角手分成六列于内城大门外守候，见武丁所乘王车到来时，角声骤起，加上外城延续的号角，连绵不绝，来回呼应。王车驶进内城后，内城敌楼上密密麻麻持戈而立的士兵一起山呼事先设计的口令：

归国！大邑商！

一个时辰后，王车抵达王宫。此时宫城之上，全是白衣束冠的宫廷乐师，吹奏起象牙号角，与外、内城传来的角音凝成一体，盘旋在王宫的上方。东典门大敞，向内望去，是森严林立的王军，一律的白衣铜戟。商朝开国君王成汤崇尚白色，将白定为国色。王族嫔妃、百僚庶尹及王军臣奴皆穿白衣。眼前这漫无边际的白色海洋，使人产生一种简旷素雅、圣洁静穆的感觉。

蒯冉携扶着武丁下车时，角声停歇。这王宫的画角一停，内、外城的也同时停下。然后白衣王军们便发出一声震天吼：

归国！大邑商！

奴隶总管翟横从东典门小跑而出，来到武丁面前垂衣拱手说：

四王子路途安平。请随小臣进宫沐浴更衣，谒见大王。

翟横把手轻轻一挥，蒯冉便率领车队回内城赴命。

王子请。

当武丁跟随翟横来到属于自己的寝宫时，已是天色昏黄，细雨已然停息。

请王子沐浴。

立刻有臣奴上前要给武丁脱去衣裳，武丁羞涩而慌乱地小声说：

我…我自己来吧。

那个臣奴显然有些不知所措，抬头望着翟横。

那好，请王子自便。臣等告退。

空寂阔大的浴室里只剩下武丁一人。武丁用力搓洗肮脏的身体时不禁浮想联翩，脑中总是闪过一连串零碎而紊乱的画面。

我现在是王子了。

武丁从嗓眼里挤出了数声憋闷的笑。

一身纯白衣裳、清爽干净的武丁在铜镜里显出王族应有的气度和资质。只是左脸颊上一道悠长的刀痕略显突兀。武丁抚摸着陪伴他渡过阴晦的童年和少年时期的刀痕，心中涌出浓郁的悲凉。这是武丁六岁时随大军出征讨伐鬼方时在戚地战场上留下的。

王子在外饱受风霜侵袭，贵肌受损，此馥香脂膏可作滋养皮肤之用。

翟横小心翼翼地给武丁脸上涂抹上一层均匀的脂膏。

大王要见王子。请随小臣来。

明亮炫美的寝殿内，商王小乙和他的两位心腹：卿士甘盘和武官震为如何处理嬴召妃这桩淫冶败德之事而焦头烂额。嬴召妃是前年纳入后宫的第十二妃，进宫后仅被小乙宠幸过两次，未有身孕。近一年来，小乙身体每况愈下，恶疾缠身，久不行房中之事，可偏偏在这个时候嬴召妃却怀了四个月的身孕，此事令小乙大为愤怒，所以今晚召见两位心腹商议处理事宜。商朝先祖立下遗训：王薨后，宫中未怀其骨血者一律殉葬。嬴召妃想活下去与人私通怀孕，然而事迹败露，只有一死。

三人窃窃私语了一会儿之后，小乙咳嗽了几声。

那就这样办吧。

甘盘和震拱手正准备告退时，有奴禀报：

四王子武丁已在外等候。

请。

小乙疲倦无华的脸上终于现出几丝喜色。

你们暂且留下，看看我儿武丁。

心中胆怯的武丁走进来跪在小乙脚前，有些迟疑地叫了句：

父王。

小乙喜形于色，连忙站起扶住武丁，仔细端详后声音有些颤抖：

我儿这些年流落民间，吃苦不少，实为父王之过呀！

武丁眼睛顿时湿润起来，他只是重复着两个字：

父王。父王。

流落民间，知稼穑行役之难艰，王子顺应天意，再加年少坎坷，登基后必能大兴殷商。

卿士甘盘在一旁不卑不亢地说。

小乙慈和地爱抚着儿子，欣慰地点了点头。

我儿找到，心愿了矣！

说这句话时，小乙感慨良多。武丁年满六岁时，正逢定王位接班人的大事。大王子武甲在朝中的呼声最高，小乙也有心立武甲为接班人，在向天下宣布的前夜，先王盘庚托梦小乙，让他改立武丁为接班人，并说如此人成王，则大商兴盛有望。小乙不敢有违先王旨意，第二日便定下此事。朝中一片哗然，尤其以武甲的岳父、身居太宰位列六卿之首的康常言辞最为激烈。无奈小乙主意已定。数月后，西方属国鬼方大举进攻殷商的西北疆域，开战在即。小乙因患病不能亲征，康常上奏让武丁替父随军征讨。鬼方乃游牧部落，善御骏马，彪悍勇猛，商军败阵，仓惶回逃。在混乱中武官震抱着懵懂的武丁杀出一条血路，后因被鬼方马队团团围住，寡不敌众，再加上筋疲力尽，中了鬼方兵士数箭便昏死过去。震醒来时发现自己正躺在赶往殷都的兵车上，再看看身旁已无武丁踪影。

举国上下皆以为武丁已死，小乙也悲戚万分。可宫廷中的占卜官亘贞通过凿烧龟壳占卜后却得出王子尚在人间的结论。

小乙大喜过望，命人在全国范围内寻找，并许诺如有发现者，赏地百里，享受公侯之荣。但五年仍无进展，小乙不免有些灰心，朝中多尹们便上奏议重选王位继承人的事情。

又过三年，小乙深感身体不适，如不立下人选，恐自己百年后无人为王，朝中大乱。于是持重温良的武甲便成了小乙的不二之选。可当小乙意欲拟旨时，盘庚王再度托梦，告诉武丁没死且在殷都的东南方位，嘱咐小乙要将他寻来。小乙经过漫长的寻找和等待，终于盼到了武丁的归来。

当年王子在我怀中还娇小柔弱，如今却长成一个大人模样了。震微笑着注视着武丁。

此时的气氛温馨而融洽。小乙拍了拍武丁的头，快去盛清宫看看你的母亲吧。她也十分思念你。

翟横趋步上前，向小乙行跪拜礼后便领着恋恋不舍的武丁走了出去。

小乙转过头来对甘盘说：

明日赐宴百僚庶尹，普天同庆。我有大事宣布。

是，大王。

　　武丁站在盛清宫的门前，珠帘掩盖住了宫内的景致。这是武丁母亲美戊的寝宫。妾奴拨开珠帘恭请武丁进去时，武丁便闻到了母亲宫里氤氲着的兰麝香气。

　　宫内装饰清雅柔和，给人以谧静而丰富的联想。武丁正举步不前时，忽然有一声娇美温润的呼唤传入耳际。

　　我儿。

　　武丁看见一只素净嫩白的手撩起了床前密密的帷幔，母亲那张如银月般皎洁而丰盈的脸庞便显现出来了。武丁有些目瞪口呆，没想到母亲竟是如此美艳迷人！他在心底惊叹。

　　美戊优雅地轻摇款步，向武丁走来。武丁感到她周身散发出来的曼陀罗香使空气都凝固了。武丁沉醉在这种勾魂摄魄的香气中。

　　我儿。你受苦了。

　　丰容盛鬓的美戊泪水涟涟地抚摸着武丁脸上的刀疤。

　　快坐下，让我好好看看。

　　武丁看着眼前这位美妙而陌生的母亲把他的身体从上到下摸了一遍，还不时用香巾拭泪。武丁甚至能窥见在薄如蝉翼的银白睡袍的包裹下，那羊脂般洁白鲜滑的肉体若隐若现。武丁的心里开始滋生了不可示人的阴暗畸形的欲念。美戊递给武丁一个白玉盏，里面盛着菱粉莲子羹。

　　喝吧。美戊爱惜地望着武丁。

　　武丁接过玉盏，发现那羹汤晶莹而粘稠，像从鼻腔里分泌出的黏液，在灿烂灯火的映照下，让人看上去会产生一种豪华的恶心的感觉。武丁强忍着喝完了这盏汤。他想，王族子弟们整天就喝这种甜腻的东西吗？

好喝吗？

嗯……多谢母戊。武丁还不忘刚才在路上翟横教他道谢用的话。

美戊显露出属于母亲的笑容。武丁觉得她那双盈盈含情的丹凤眼似曾相识。

这天夜里，武丁躺在自己寝宫里的大床上辗转难眠。他想了许多，想到自己在九年中所承受的苦难，再想到今天的锦衣玉食，这种天翻地覆的变化让他一时难以适应。真是浮生若梦，昨天还蜷缩在山洞里瑟瑟发抖，而今天却可以堂而皇之地覆盖着和暖幽香的锦被。武丁的回忆杂乱无章。

然而当夜，武丁遭遇了平生第一次的梦魇。他梦见在嚣地的集市上他被人泼酒水，被一群纨绔子弟殴打。他拼命地跑，结果被青铜作坊里的奴隶主捉回来，绑在大柱上以作祭祀之用。他挣扎，绳索却勒得更深。正当他欲哭无泪时，有两个面目朦胧的人救了他，其中一个人还说：

小弟，你到乾地外的山洞里躲着。

武丁始终看不清这两个人的脸。后来武丁就看到一位半裸的丰润的女人出现在月光下的小河边。等女人转过头时，却是母戊那张吹弹可破的脸。

兰姐姐！武丁在梦中喊。

不对，她不是母戊吗？

武丁迟疑之际，这个女人的轮廓开始模糊起来。他看见这个影子一步步向他靠近，压在他的胸口上，压得他喘不过气来。他想使劲叫喊却总是张不开嘴，他的手试图抓握但像是被人按住了似的动弹不得。远处传来一阵阵女人尖厉凄凉的惨叫，他醒了。

惊醒后的武丁从床上坐起来，他发现他的裤裆里已是晶亮亮、湿漉漉的一片。他在梦里跑马了，但全身感觉舒畅自在许多。不久后他真的听见了一阵阵凄绝尖厉的女人叫声从外面隐约飘过来。梦或真实，武丁无法分辨。但是叫声在深夜听来确实使人不寒而栗。

叫声是嬴召妃受刑时发出的。小乙对嬴召妃施以极刑，先用铜棒击打腹部，使胎儿坠下。然后将嬴召妃凌迟处死，因为判她斩首之刑无法向祖宗请罪。至于嬴召宫中的臣奴，则一律屠灭。后来在嬴召宫旁的季竹妃回忆起当夜的情形时，总是心怀怜悯地摇着头说：

惨啊，太惨了。胎儿被生生地打掉，又挨了这么多刀。三百五十七刀啊。

那些与嬴召妃一样未怀上小乙骨血的嫔妃们彻夜饮泣。她们的死期也不远了。

后宫里漫溲着死亡的阴冷气息。

第二天，举国同庆王子归来。殷都里人群杂沓，热闹非凡。王宫自不多言，从外城和各分封地赶来表演的倡优侏儒们的车队熙熙攘攘，宛若洪流。

武丁巳时穿衣起身，发现宫中忙成一团。搬运青铜酒器像尊、缶、卣、兕觥之类的臣奴络绎不绝。漱洗完毕后，翟横便带来消息，请王子到盛清宫用午膳。

午膳丰富异常，羊羔乳猪果馔糕点一应俱全。武丁不敢大块朵颐，慢慢地吞咽。美戊偶尔吃点果品，其余时间均笑靥盈盈地看着武丁。这时翟横在帘外建议：

膳后是否带王子去观台看倡优之戏，美戊娘娘？

不用了，下午我还想跟王子多说些话。

是，小臣退下。

观台之下坐满了后宫嫔妃和臣姜们。观台上面，是规模宏大的倡优表演。多是些杂耍和滑稽戏，有旋盘、钻火圈、走索、爬杆、举鼎等。特别是侏儒和巨人一起表演的爬杆逗得台下男女们前仰后合。

观台西南，正是戏马、斗鸡、击壤和踢木球之地。在这里玩耍的一般都是王侯大臣以及他们的子嗣。

武乙和寒隽正兴致勃勃地斗着鸡。武乙是武丁的二哥，而寒隽则是武丁姐姐韶柔公主的夫君。两人是天生的贵族子弟，终日享乐无所事事。也许是臭味相投的缘故，两人私交甚笃，武乙平日不沾女色，只与宫中美貌娈童狎戏，偶尔玩弄点美玉器物。寒隽是个善良而又怯虚的尹士公子，家住内城，刁钻蛮横的韶柔公主压得他终日抬不起头，只有到王宫找武乙两人一起赏析交换玉器时他才能感到莫大的快乐。斗鸡也是他们的一项爱好。

武丁的几个弟弟们像武戊、武已、武辛这些小家伙们都在玩着击壤的游戏。壤是用松木削制而成的，前宽后尖，长四尺，阔三寸。玩耍时先立一壤在土地上，然后在五十步处以手中的壤遥掷击之，击中者为胜，此项游戏比的是眼力和手劲。季竹妃的儿子武戊最拿手这项游戏。

圆月初生时，锦乐殿便开始人语喧哗了。宽敞奇伟的宫殿中心，是二十座精美大气的青铜玄鸟油灯，火光平稳而炽烈，将宫殿照映得如同白昼一般。所谓：天命玄鸟，降而生商。传说商朝先祖子契之母简狄因在河边洗澡时吃下了一枚黑色燕子生的蛋才怀孕生下了子契。子契成人后，帮助大禹治水，功绩显赫，被封国号商。从此，玄鸟便成了商朝人心目中的图腾。到了击败夏桀的君王成汤，更是把玄鸟的形状绣在了白色的国旗上以示尊崇。

武丁跟着母戊走进大殿的时候，心里有些慌乱。落座的王族众尹们都用迥然相异的眼光打量着他。母戊微笑着说，别慌张。武丁的大哥武甲马上迎了过来。

四弟，别来无恙吧。走，跟大哥坐一块儿。

太宰康常的长女同时也是武甲的妻子蓉琳氏闻声赶来。

噢，四弟长这么大了。

蓉琳氏的声音绵软，语调缓慢而不失激情，体现出了贵族豪门女儿应有的教养和气质。在武丁眼中蓉琳氏是一个清秀温顺的女人，左眉梢旁的一颗黑痣丝毫不破坏整张脸庞所营造出来的美感。换句话说，武丁对这位美妇人有着天生的好感和亲近欲望。

去吧，和你大哥说说话。

母戊的脸上出现了不自然的笑容。

宫中男女壁垒森严。大殿以东是六十张单人小案，上置脍炙酸梅，下放一尊醴酒，供落座的王族尹士们吃喝；大殿以西是嫔妃及显赫尹士的家眷所坐，共有五十小案，食品多为果馔，酒水改成用芸香浸泡酿成的香酒，饮完后吐气如兰。能在锦乐殿饮酒的女人，是全天下大名鼎鼎的男人的心爱。这么多倾国绝世，丰容月貌的美女聚集在一起，引得半室光华。

这边的武乙不停地与所养的两位娈童丹梁和长历调情，那边的空贞氏全然不理会丈夫的行为，一个劲儿地跟蓉琳氏套近乎，有时向对座抛去妩媚而骚情的一眼。站着的美男长历马上心领神会。原来空贞氏自从权贵之家来到王宫，便与武乙同床异梦。因为武乙不爱女色好美男。先前还能每月一次勉强行房，后来连行房武乙都懒得去做了。空贞氏年轻丰满，欲火难耐，便与武乙宠爱的长历发生了关系。从此夫妇二人共同占有一位男子。空贞氏与长历热情交合时常想，武乙呀，你简直是个活畜生。你娶了我又让我守活寡，我才不听你的摆布呢。当然空贞氏不会让武乙发现这件事。武乙也根本没朝这方面想过。他是个头脑简单的人。武乙只是奇怪：你现在怎么变得这么滋润快活呀。小乙是最后一个来到大殿的人，当他拖着病体走进来时，满座白衣嘉宾纷纷起身。

祝大王万寿无疆！大邑商！

小乙坐下后，示意掌管礼仪的潘羊，宴会可以开始了。

王曰：奏《大濩》！

《大濩》是成汤王制定的国乐，由磬、埙、管、箫、鼓及钟合奏而成。小乙时代的著名宫廷乐师叔乔把铜磬三十二件编成四组悬挂在镂花的铜质磬架上，名曰编磬；把六十四枚铜钟按照宫、商、角、徵、羽、变宫、变徵七声音阶和十二音律编成八组，分挂在三尺铜木结构的钟架上演奏时用钟敲击，名为编钟。编钟和编磬的声音宏大优雅，铿锵泰然。奏《大濩》时还有大型乐舞，七十九名王室舞者中有四十八位手持盾牌斧钺踏着青铜建鼓的鼓点，腾挪纵跃，周旋进退；其余三十一位，头插羽旄，手拿翟、鹭等礼器，以示威仪。行至曲中，七十九位舞者全部跪下。三十一名原来持礼器的人悉数换上戈和弓。所有舞者顿足蹈地，面部勃然变色。由一人领队，其余皆分为两列，挥动武器，体态矫健，节奏有力。这场乐舞便是歌颂成汤王替天行道，推翻夏朝暴政的美德。

乐停舞罢，便有扶娄国幻术者上前献艺。只见这位白发幻者从手中抽出一条丝绢，向上空抛去，忽然变成巨幅花团锦簇的布幔平展地铺在地上。寒隽等好事之人立刻叫好，大殿内开始活跃起来了。

幻者向布幔一指，那布幔便神奇地隆起十三个鼓包。瞬间布幔消失，只留下十三名娇美窈窕的少女匍匐地上。她们个个是高鬟长袖，曳高齿屐。十三个乐舞倡女轻盈站起，围成一圈，只留得一人在中心。由叔乔谱曲的古歌《有美》响起，她们双袖飞扬，边舞边唱。

月出皎兮
远在中天
皓然大方
遍洒殷都
有美一人
舒窈且纠
颀而长兮
美目且清
鸳鸯在水
双游双飞
交颈靠尾
偶动波微
太平天下
安详和泰
万物自得
欢娱何如

歌声醇美婉转，舞姿盈美动人。这些倡女，全为王宫乐司调养出来的，供大宴时娱宾助兴之用。早在盘庚时期宫中乐司就注重从民间选拔可塑好女和搜集民风俚曲，渐渐地形成一套比较完善的系统。这十三名少女所跳的，是流行一时的"曼妙拂"舞。六位舞女踏步蹲身，使白袖轻拂；六位倡女将双足由身后柔软地分置在头的两侧，双手握住足胫；只剩下中间那名女子前顷上身，舒展玉臂，一足后踏，使人望去大有乘风归去之感。那女子明眸善睐，顾盼神飞，容颜之光亮鲜艳令武丁不敢正视。

歌停，舞止，这些女子含笑举臂，衣袂连成一片形成布幔。幻者将手一招，十三位好女烟消云散，停留在半空中的那副布幔缓缓坠地。随着幻者的三声拊掌，布幔又变成先前那块丝绢，飞回幻者手中，众人一齐喝彩，白发老人向满座人士拱手答礼后便退去了。

也许是受了精彩的幻术表演熏陶的缘故，酒宴变得随意热闹，而不失秩序。人们举杯示意，频频敬酒。像武甲、武乙的母亲秋鸿氏和美戊等王妃，都是面容沉静地品着酒，偶尔才发一言，而蓉琳氏和空贞氏等王族家眷则低头私语，眉开颜笑。

男宾席上更是热闹，寒隽和武乙两人凑在一起边饮边评价着案上的白玉酒器。装酸梅残核的玉盏使寒隽爱不释手，他趁别人不注意便把玉盏揣在怀里。寒隽有些小偷小摸的毛病，尤其在外面看到家中没有的玉器，买不来便设法窃走。为此韶柔公主不知道私底下辱骂过他多少回，有一次还把他弄得泪水长流。可他就是这样的人，不长记性。

武甲拉着武丁向他们介绍。

四弟，四弟，我是你二哥啊。武乙舌根发硬。

寒隽目光有些凝涩，只是一味地笑。

武丁第一次喝酒，刚开始入口时觉得醴酒辛辣，后来便觉得辛辣中带点醇香，很快便适应了酒水对味蕾的激烈。

四弟少喝点酒，你会醉的。武甲提醒他。

醉？武丁尚不知醉的感觉。

四弟，这是你韶柔姐姐。武甲把武乙带到韶柔旁。

韶柔姐姐好。武丁恭恭敬敬地说。

美丽傲慢的韶柔看都不看武丁一眼，只是从鼻孔里哼出一声耻笑权当答应。韶柔是小乙唯一的女儿，天之骄女，从小便百般受宠，过惯了钟鸣鼎食,颐指气使的生活,连寒隽都不放在眼中,平日里对他非打即骂,哪里还能瞧得上一身奴隶气质,操着浓厚乾地口音的弟弟武丁?韶柔醉心于政治,常与朝中众多尹士谈论国事。她一心想拥护大哥武甲为王，眼看着心愿将成，衣衫褴褛的武丁又冒了出来，成为最有可能夺走武甲王位的人，韶柔怎么会给武丁好脸色看。

四王子别见怪。韶柔的生母扬妃连忙打圆场。你姐姐就是这个脾气，不爱跟生人打交道。

对对，四弟别见怪。武甲也很尴尬。韶柔则不管这么多，直接端着酒觯扎到对面的尹士堆中了。

这一记闭门羹让武丁胸口堵得慌。

武戊和他的几个小弟弟们围着武丁转，他们都用好奇而友善的目光盯着武丁。尤其是武戊，今年刚满十三岁，宫廷的优雅生活使他显出与年龄不相称的风度翩翩。后来季竹妃年老时说起过，武戊六岁时就能将商朝的雅正辞诰如《伊训》、《肆命》等篇倒背如流。武戊柔和地问：

四哥哥，你从哪儿来呀？

这个问题让武丁很难回答。他张了张嘴却始终没有说出来，武甲又一次给武丁解了围。

哥哥从外地来的，好了五弟，带着那几个弟弟玩去吧。

武丁从心眼里感激大哥。

要是三弟武丙还活着的话，我们这些父王的孩子就都聚集齐了。武甲感叹。

武丙呢？

可能四弟你已经忘了。你在六岁那年，武丙就患恶疾夭折了。

武丁全忘了。

走到小丙和邘发面前，武甲、武丁照例行酒，枯老的小丙颤巍巍地举起铜爵：

王子归国，可喜可贺呀。

邘发语含嘲讽地揶揄武丁：

王子久居间，可曾见过如此宏大之场面？

瘦弱苍白的邘发是个野心勃勃的人。他经常抱怨小丙，为何不在朝廷尹士中培养支持他当王的势力。因为小丙是小乙的弟弟，从商朝第十一王仲丁开始，在传位制度上有这样一种怪现象：不传位嫡子而传位给大王的弟弟或侄子。邘发迫切地想做大商帝王。以你的身份和地位，在朝中扶持这样一批人应该是易如反掌的事情。等到小乙王薨后，继位的就是我！不是他武甲，不是武丁，不是他们的嫡系子嗣！邘发有几次在父亲的病榻前怒斥父亲的软弱无能。每当这个时候小丙总是浊泪纵横，你不具备当大王的资格。总有一天你的野心会害了你，害了我们全家。

武丁没有听出邗发的弦外之音，只是憨厚地笑了笑。四弟天性高贵，遭此劫难后定有大福。武甲回敬一句。

四弟，来，我介绍尹士康阳给你认识。

康阳是康常的儿子，是蓉琳氏的二哥。他正直而博学多识，且不与父亲为伍，在朝中口碑极好。

恭喜四王子平安归国！尹士康阳特敬王子一杯。康阳的态度不卑不亢。

国相管圭虽然地位与太宰康常平等，但身体远不如康常强壮硬朗。拿他自己对家人的话来说，他是个将死之人，一只脚已踏进棺椁之中了。这次宴会是小乙下令把他抬过来。管圭的话语显然有些含糊不清了。

王子……归………商之福……老臣……王子……杯……醴酒。

武丁望着康常心里有些害怕，他看到康常冷硬的脸庞上峭拔出了一对短而全白的眉毛，这短眉给整个人笼罩上一层肃杀威严之气。康常才算得上是大商国最具实力的阴谋家。他这个人为达目的不择手段，当年他把阁中长女蓉琳氏许配给武甲，就是为了等到武甲当王时自己能够一人之下，独掌朝政。小乙受盘庚王托梦而把武丁定为王位继承人时，他屡谏不成，便暗自行动，差家中养的死士扮成臣奴，在武丁饮食中放入无色无味的"沛和"毒药，使之吃后似患伤寒状，五日之内必死医官无法验出。可惜武丁命不该绝，他的三哥武丙因贪玩喝了掺有毒药的羹汤，替武丁而死。康常苦恼万分。时值鬼方部落侵犯西北疆域，小乙生病无法亲征，康常持笏板上奏，建议请武丁替父出征。康常让自己的亲信武将郑洮加入队伍之中，嘱咐他趁军中混乱时杀了武丁。商军败阵，武官震护卫武丁杀出重围。郑洮不但没杀成武丁，反而被鬼方马阵踏为肉泥。武丁与大部队失散后，康常疑心武丁没死，曾派五十名死士在全国范围内寻找了五年，不见武丁踪迹。康常得意了几年，以为王位非武甲莫属。没想到盘庚王第二次托梦小乙，经占卜官验测后，武丁确实还在人间！小乙派遣的寻找武丁的王军出发前，康常的死士们已经带着佩剑上路了。康常命令：凡见到左脸颊上有疤痕的少年，无论其颈项是否系有玄鸟形状的青玉，一律斩杀。可武丁还是平安地被王军带到了国都。关于这些，不仅朝中大臣不知道，连武甲也被蒙在鼓里，只有康常、蓉琳氏和精悍死士们心知肚明。武甲只喜音乐不爱政治，对王位之事漠然处之，康常父女旁敲侧击过他许多次，他从不放在心上。父女两人不甘心九年的苦心经营就这样付诸东流，他们的计策还在紧锣密鼓地进行着。武丁却不知道这一切。

宫廷不比民间，礼仪讲究甚多。望四王子谨言慎行，不要失了尊严，让他人嘲笑。康常说。

武丁喏喏连声。

殿中觥筹交错，已至亥时。

小乙起身说，趁着众尹王族们欢聚，我有一事宣布。

众人停止了喧闹。

传位之事悬置数年，未能定夺。四王子武丁辗转流离，终于回国。我，顺应天意，将王位转给武丁。望我百年之后众尹倾心辅佐我儿，繁荣殷商！

祝大王万寿无疆！我等当全力辅佐，责无旁贷。大商天下，世世代代，源远流长！大邑商！

当众尹垂衣拱手，表明心迹之时，六卿之首的康常慢悠悠地走了出来。

大王如此草率行事，老臣以为不妥。

有何不妥？

四王子刚从民间回来，宫中法度礼仪全然不懂。如此登基，恐怕难以服众。

谁人不服？我儿应盘庚王之命，继承大统顺理成章。至于法度礼仪，不是让你等教诲利导吗？

废长立少，何言顺理成章？

两人针锋相对，气氛陷入僵局。

卿士甘盘此时拱手：

大王，时辰不早，传位一事是否容后再议？

我意已决，无需再议。

老臣不胜酒力，先走一步。

康常带着武官姜范等人走出大殿。

小乙怒气冲冲，拂袖而去。

一场盛宴最终不欢而散。

　　小乙走后，众人自觉尴尬，便也纷纷离席了。韶柔公主告别扬妃武甲等人后，没有理睬武丁，便昂首阔步离开大殿了。小男人寒隽啃着苹果跟在后面喊：韶柔，别走那么快，等等我。虽说有些醉意，但他临走时还不忘跟武丁告别，仅凭这一点，寒隽的形象在武丁心中立刻变得高大起来。

　　嫔妃和尹士的家眷们陆续从后门离开。蓉琳氏挽着空贞氏，娉婷地来到武丁面前。

　　明日恭请四弟到你大哥宫中叙旧，不知四弟能否赏光？

　　空贞氏脸上也显现出谄媚的表情。

　　小弟一定去。武丁受宠若惊。

　　有些未怀小乙骨肉的嫔妃把这场宴会当做人生最后一次狂欢，她们喝得烂醉如泥。尤其是丰明和丽容两位妃子闹得一片狼籍后，被妾奴们驾了回去。王后秋鸿氏厌恶地看着他们。成何体统！秋鸿氏抛下一句话。

　　美戊也回宫了。

　　接下来尹士们从正门步出。不一会儿，大殿只剩下甘盘和几位王族子嗣了。

　　武丁正想和武甲等兄弟离开时，被甘盘喊住了。

　　四王子请留步。

　　震、甘盘和武丁三人站在小乙的榻前。

　　我也知道自己的时日不多了。

　　大王何出此言？愿大王万寿无疆。甘盘说。

甘卿士，你不用安慰我。我自己的身体，自己最清楚。你担任卿士几年了。

四年。

对，四年了。你父亲甘寻也死了四年了。他活着的时候就是个好卿士，想方设法为我排忧解难。你和他很像，是他的好儿子，是大商的栋梁。

臣不敢当。

盘庚殿进展如何了？

现已修缮完毕。

好。甘盘，震，你们是我的心腹。你们一定要全力辅佐我儿武丁。

请大王放心，臣等当效犬马之劳。

康常在朝廷众尹中兴风作浪，他一心拥护大儿当王，他好独掌朝政。他想夺我大商天下。唉！想我几个儿子，武甲温良有余，魄力不足，他当王必被康常挟制；武乙不思进取，浪荡形骸；武丙年少夭折；武戊、武己等儿，少不经事。上天把武丁还给了我。你们只要力排众议，尽心辅佐，四儿一定是个可塑之材。到时大商繁盛就指日可待了。武丁，你可要勤加用功，不要辜负父王的一片心意。

孩儿一定用功。武丁心中狂喜，但言语十分平静。

听美戊说，沚伯一家人已从沚地启程，正在赶往殷都的途中，甘卿士，良辰吉日你择好了吗？

十一月十八日为王子大婚的良辰吉日。

好，叫翟横进来，领王子回寝宫。离大婚还有一个多月，你用心准备。

翟横提着灯笼领着武丁穿过一条幽阴的长廊。

临近寝宫时，武丁看见一个人孤松般伫立在清朗的月光中。

他是大王赐给王子的臣奴雁宫怀。王子今后的起居饮食均由他料理。翟横说。

雁宫怀上前行礼。他的嗓音醇温悦耳。

王子。

直到宫中，武丁才看清楚雁宫怀柔媚绝世的姿容。他眼含秋水，面若莲萼，蛾眉温朗如勾，粉唇丰盈红润，其妩媚与风情实为后宫嫔妃所不能及。

王子，请宽衣就寝吧。

好。武丁浅浅一笑。

就这不经意的一笑触动了雁宫怀的心弦。

第二日大食时分，武丁应蓉琳氏之邀到大哥宫中赴宴。

武丁坐下后，武甲操起五弦古琴。

四弟，听我弹奏一曲《性雅》。

琴音清绵空灵，如水般潺潺流溅。

蓉琳氏笑吟吟走了过来。

四弟别见笑，你大哥就是痴迷音乐的人。酒菜现已齐备，快请上座吧。

不敢，还是请大哥上座吧。

来者为客。宫里也没外人。来，四弟。

蓉琳氏不由分说把武丁推到了上座。

其实这场简单的午膳，完全是康常和蓉琳氏设计好的。由蓉琳氏假意邀请武丁，然后在他的酒觚里放入双倍的"沛和"毒药。可是这故伎重施的阴谋以武乙的到来宣告破产了。

武乙大大咧咧地闯了进来。

大哥，怎么请四弟吃饭也不通知我一声？说完便拿起武丁的酒觚。

四弟，我敬你一杯。

蓉琳氏赶紧走上前来，劈手夺去铜觚，酒洒了一地。

你这没心没肺的人，怎么跟四弟抢酒喝？蓉琳氏一脸的不悦。

我是和四弟闹着玩的。嫂子别生气啊。武乙挨着武丁坐下，也不客气，扯下一块鹿肉便大嚼特嚼起来。

席间，蓉琳氏被武乙气得一句话都没说。

从此，武丁开始学习宫中法度和雅正辞诰，数月下来倒也长进不小，商朝历史和治国策略说得头头是道，引得小乙、甘盘等人连声赞叹。武官震每日教他一些技击剑术和万人敌的本领。武丁常随王军们驾御马车视察殷都的各个角落。

一次他和震登上殷都西北方的景山。震告诉他：

王子，袅袅飘烟处就是我们的国都。

武丁极目远望，殷都周周正正地平卧在那里，四周星罗棋布地分散着奄、昌这样的小城邑。

这些很快就属于我了，武丁在心底呐喊。

医官调配的药膏总是不能根除武丁脸颊上的刀疤。雁宫怀似乎比武丁还要焦急，他不断地搜集秘方偏方。

有一天早晨，武丁发现寝宫后面的花地里长满了白蕊红圈的花朵，十分赏心悦目。

你种的？武丁问雁宫怀。

是。王子，好看吗？

好看。

雁宫怀面色嫣红，拂弄衣角的娇羞媚态泄露出他内心的欢喜。

此花名为权池，将花瓣研磨成泥加入雪水调成膏药，医治疤痕卓有成效，雁宫怀从老医官口中探出偏方后，便千方百计从民间购买花苗。权池花多生在寒冷之地，得之不易，雁宫怀费尽辛苦得来后便小心栽培。他想治好武丁的刀疤，想让武丁明白自己的心迹。

殷历十一月十七日，美戊的盛清宫里来了几位远道而来的客人，沚伯、薄曹氏和他们的女儿妇好。

沚伯是远在西北沚地的诸侯。这次他们夫妇来殷都，是为了女儿的婚事。

妇好是个端丽温雅的女孩，虽称不上惊艳绝伦，但看上去给人的感觉很舒服。

好女今年多大了？美戊满心欢喜。

回美戊娘娘的话，妇好今年十六。妇好的坐姿规规矩矩。

大我儿一岁。女子十六就已经成人了。记得我怀武丁的时候还不满十五岁，薄曹姐姐就经常来宫里照顾我。一转眼十几年都过去了，薄曹姐姐好福气呀，一点也没变。

戊妹妹不也一样？薄曹氏笑着说，戊妹妹是大商首屈一指的美人，至今也没有人能够取代。

薄曹姐姐就妇好一个女儿吗？

还有一个儿子，沚成，今年都二十了。

好女，明日大婚后，在殷都我就是你的母亲了。跟武丁一样，喊我母戊吧。

母戊。

十八日夜里飘起了细雪。大汗淋漓的武丁在妇好的宫中狼狈不堪。由于意乱情迷，他在行房时未攀登上肉欲的高峰便悲哀地跌入谷底了。妇好临来殷都前，曾聆听过母亲薄曹氏关于男女初夜的教诲，所以这时她显得从容大度，温柔地安慰着武丁。

你歇一歇，一会便好了。

不要着急。

借着床前油灯的幽光，妇好白润丰美的身体一览无余地呈现在武丁面前。武丁怀着朝圣般的心情伸手去摸妇好的臀部——那个让他崇拜和想念的器官，但他真实地感觉到那个地方圆腻滑嫩，温热绵软，却与其他部位一样平凡无奇，远没有像他臆想中的那样，抚摸上去会使人心旌摇荡。

怎么了？妇好搂着武丁。

没什么。

武丁感到了莫名的失望。他的脑中浮现出了一个人来。他想，如果搂着他的是那个人的话，又会是怎么样一种滋味呢？

寒冷的十二月份，小乙的病情极度恶化。这段时间里又传来了桐国正在攻打商朝两座城邑的消息。桐国其实叫做桐地，城池依山而建，地势峻伟，易守难攻。早在盘庚王时期，桐地诸侯崔溥不服商朝统治便起兵造反，自立为国，现在桐国又在攻打附近的献、桓两城，分明是视大商国中无人，肆意挑衅。甘盘已经调动地方军队出兵镇压。

这两个城邑可不能再失守了。小乙忧心忡忡地说。否则我死都不能瞑目。

大王言重了。甘盘连忙扶起小乙。

我也没几个月活头了。在我临死前，我想亲眼见到我儿武丁登基，继承大统。

这……恐怕与先朝制度相悖吧。

毕竟你们势单力薄啊。等我死后，太宰康常肯定会阻扰武丁当王，到时候谁都奈何不了他。

大王的意思是……？

下个月。下个月我宣布退位，让武丁登基。这是唯一的办法了。

小乙的态度坚定而决绝。

一月二十日辰时，十六岁的武丁王身着华美的王衣行走在盘庚殿的五十级台阶上，白服与乳白色的石板相映生辉。盘庚殿是小乙的哥哥小辛王在位时修建的，旨在赞美盘庚王迁都的政迹。商朝前期国都曾四次迁徙，百姓流离不定。盘庚为王时力排众议，毅然带领诸侯大臣，平民百姓迁都殷地，从此国势渐渐复兴。几十年的风雨使盘庚殿有些颓败。小乙为使新王能够体面地登基，早在两年前就派数百名能工巧匠开始修复，如今盘庚殿已经变成王宫里最为恢宏精丽的建筑。殿内地面均铺满乳白石板，梁柱等木质构架外面也涂有白漆，五十级台阶的两侧，按照官职的尊卑依次站有百僚庶尹和前来朝觐的诸侯，中间留出一条大道供人行走。前面十级台阶之内则空荡无人，台阶最上层供帝王落座，后有白幔，隔住通向帝王寝室的长廊。一般大王上朝时，直接从寝宫来到盘庚殿，因为武丁是新王，初次上朝，所以要从最底层走上去。

武丁走到第四十级台阶时，由于碰到太宰康常那森冷目光后有些心慌，差点儿摔倒，殿内立刻传来了不怀好意的笑声。

当武丁坐定时，礼仪官潘羊便开始宣读小乙拟定的旨意。

小乙王在位二十三年，兢兢业业，政绩显著。现深感贵体不适，故前去宗庙请愿，将王位提前传于四子武丁。从即日起，大商以武丁纪年。望百僚庶尹倾心辅佐，共兴殷商。大商自子契建国，已有泱泱五百年。大商天下，万世永昌！德惠远存，恩泽长流！大邑商！

大邑商！

武丁有一种荒寞孤凄的感觉，他身边没有一个人。

这天亥时，亲眼目睹武丁登基的小乙咳血而死。他还是死不瞑目。因为前线传来消息桐国攻占了献、桓两座城邑。

举国上下一片哀恸。所有人褪下白衣换上了黑色丧服。

肃然的黑色灵堂里，武丁跪在父亲的尸床旁为小乙守灵。不远处的殿下黑压压跪满了朝廷众尹和王族子嗣以及后宫嫔妃。因为有巨幅屏风的遮蔽，所以武丁看不见殿下的人们，更不知他们的表情。

武乙正在打盹，被武甲捅醒。

二弟，这么多人看着你呢。武甲有些生气。

韶柔公主小声地对武甲说，大哥，应该是你陪在父王身边，哪里轮的上他这个粗鄙俗物！

韶柔，你怎么现在还说这样的话？父王刚刚仙逝，你的话岂不令他寒心？既然四弟当了王，我们都应该帮助他，打理社稷。不准你再诽谤四弟了！

太后美戊、秋鸿氏、武丙生母稚男妃、扬妃、季竹妃和武己、武辛之母北殷妃等十五人，均是形容悲戚，掩面啼哭。至于那四十三位未怀小乙骨血的嫔妃早已被圈进冷宫，以待不日后追随小乙而去。

三天的守灵仪式结束了。小乙的尸体被安置在铺满珠玉宝石的棺椁中。他的腹中灌有汞水，口里塞着五颗能使肉身百年不腐的"缯归"丸药。在小乙的头脚两处，均放有两盏燃烧着人鱼脂膏的长明灯，为安魂之用。据说这种长明灯在漆黑的地底可以千年不灭。

在殷都的北方，是一望无际的王陵墓地。小乙的墓室已经挖好。当武丁等人带着王军护送棺椁来到这里时，一场耸人听闻的殉葬便开始了。

先在墓室正中和四角分别活埋六十名羌奴，目的是让他们挡住黄泉鬼魅。放好棺椁后，斩杀妾奴一百七十八名，用铜戈勾死四十二位后宫嫔妃，好让她们在地下继续服侍小乙。丰明妃临死一搏，想向上爬，被士兵用铜锤打碎了脑袋。棺椁之上，并排列有九口精美的青铜圆鼎，鼎内盛满了贝带和黄金。然后用巨大的石板覆盖住墓室，这样以来墓室便滴水不进，密不透风了。墓室，雕花的墙壁上燃着十六盏通明的人鱼灯，昼夜不息；地面埋伏了重重箭镞机关，盗墓者一旦入室必被射死。小乙王还可以在这座地下宫殿里延续着高贵。

墓室填土夯实后，再杀五百三十三名男女奴隶，埋在四周。接着把九百四十八个奴隶每二十人编为一排，赶入东西南北四边墓道，成排砍头，将尸首分开埋葬，名为守望先王。

小乙的葬礼共杀一千七百六十二人。

武丁一年殷历三月初四的夜晚，卿士甘盘和武官震步履匆匆地赶往武丁寝宫。

听闻大王不日之后欲发兵攻打桐国，臣以为时机未到。

甘爱卿，何出此言？武丁身穿黑色丧服。依照商朝法度，先王薨后朝中众尹要穿三个月的丧服，而王族子嗣则要穿一年。

小乙王刚刚离世，大王临朝日短，根基不稳，朝廷内部的反对势力猖獗，太宰康常居心叵测。管圭五日前病逝，国相一职悬空，康常有意让二子康阳担任。康阳忠厚仁孝，但他成为国相后必然受其父的干扰，这样下去，大王之位恐怕难保。

武丁的额头渗出一层细密的汗珠。

现在的当务之急，是内修政治外显贤德。大王要想把王位坐稳，必须培养一批愿意为大王效命的尹士，以便与反对势力相抗衡。大王应该重建一座高伟肃穆的宗庙，此举既是对历代先王的敬重，又能表达自己治理天下的决心。大王要树立自己的威信。桐国地处险峻，势力正旺，如此次攻打失败，康常必借此向大王发难，而且桐国还未成势，不急于一时。目前基方、蜀方、缶方等方国部落偶有骚乱，大王可派兵征伐，以显威仪；小国黎国日暮途穷，气息微弱，大王可遣军攻下，以示魄力。

那就这么办。重建宗庙一事，明日我便在朝中宣布，至于征伐……

臣愿率军前往，为大王攻城略地。震上前拱手。

有劳二位贤臣了。

请大王早些就寝，我等告辞。

甘盘和震走后，妇好宫中的妾奴惠女前来，请武丁到妇好王后那里去。

雁宫怀落寞怆然地站在朦胧的春夜里，忧痴地望着武丁逐渐消融的背影。他扔掉了惠女送给他的情物：丝绢。后宫里的姜奴们都爱着这位清雅绝美的男子，很多人特别是惠女，频频对他示爱，他总是无动于衷。苦恼的惠女猜不透雁宫怀的心思。

一番云雨之后，武丁睡在妇好的身边。几个月下来，他彻底地熟悉了妇好的身体。妇好是对房事很克制的女人，她把行房当做自己的职责，用以延续子嗣的手段，所以整个过程中规中矩，按部就班。正是这种有条不紊冲淡了武丁当初的激情。武丁只有在很多个关键时刻把她幻想成另外一位女性才可以顺利而惆怅地结束。

大王很累吗？妇好拭去武丁脸颊上的汗水。

有点儿。

你要多注意身体。你脸上的疤痕快看不见了。什么药这么灵？

宫中一位姜奴调配的药。具体的名字我也说不上来。

他的心真细。过几天我派人问问他，这是什么药，这么灵验。我也来配一点，以后你来，我帮你擦。

嗯。武丁想睡觉了。

国相管圭病逝了，他的位子谁来接？

还没定。

可要挑个对你忠心耿耿的人。对了，昨日医官给我搭过脉，说我有喜了。

是吗？

我要给你生个儿子。说起来也怪，昨天晚上我做了一个梦，我梦见一个小男孩脚朝天地行走，他在喊我母亲呢。

嗯。

这一定是天意。我们的儿子生下来肯定很顽皮。梦真奇妙啊，它是祖先降下来的征兆吗？

迷糊昏睡中的武丁听到这句话时脑中突然灵光一现。梦。梦。梦。或许只有通过它这个万民信服的东西，才能让自己日夜思念的两人来到殷都，来到王宫。只有梦。

妇好安静地睡着了。武丁却在幽微的火光里制订了一个周密的欺骗计划。

武丁为自己的计划暗自得意。

而一年前的他，还只是一个青铜作坊的奴隶。

青　铜

六岁的武丁醒来时,戚地战场上已是尸横遍野,血迹斑驳的兵车仰天躺在那里。炽烈的阳光使现场散发出一种腐烂腥臭的气味。

武丁的左脸颊上还流着血,是鬼方马手用弯刀砍伤的。他哭着推了推身边的武官震。

醒醒。

醒醒。

因箭伤昏死过去的震听不见武丁的呼声。

戚地一片死寂。

武丁摇摇晃晃地站起来,从成堆的死尸里走了出去。

一辆简陋的牛车缓慢地行驶在田间小道上。

傅说大哥,你看。那边有个人,是不是死了?

纯润娇小的兰渚拉着傅说的胳膊。

跟我下去看看吧。

傅说喝住了牛车。

他没死,只是昏过去了。

傅说检查着武丁的身体,发现他的颈项上系着一块玄鸟形

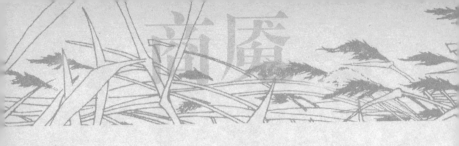

状的青玉。

他真可怜，傅说大哥，我们把他带回家吧。

好。

兰渚那莹澈秀美的双眼望着傅说。

傅说把武丁抱上牛车，他们三人一起回到了乾地的青铜作坊。

武丁苏醒了，他躺在麻绳编制的床上，床边守候着傅说和兰渚。

兰渚关切地问他：

小弟，脸上的伤还痛吗？我已经帮你敷好止血的草药了。

这是什么地方呀，武丁心里想。

你在这里好好休息。兰渚我们走吧。该干活了。

武丁的脑子里混乱不堪。他只记得有一个人抱着他在汹涌的马阵里英勇拼杀，其余的什么也记不住了。

广袤苍远的乾地只有这么一处青铜作坊，是当地奴隶主贵族宋笃春开办的，专门制做青铜酒器。

作坊占地数里，规模庞大，泥房有上千间。东边五百间，是炼铜房，内有熔炼用的坩埚；西面三百间，是泥塑房，手工奴隶在这里用粘泥做成各种青铜酒器的模型，刻上花纹烧制成陶范，等青铜熔液灌进冷却后撤去陶范再稍加雕饰便成型了。此项劳作无需受风雨骄阳之苦，是作坊里最轻松的活儿。

七岁的兰渚便从事这个。

　　作坊的南北两边分布着两百多间奴隶的房舍。乾地以西，是莽莽苍苍的群山环抱，山上盛产炼铜的原料孔雀石。每日都有几百名奴隶汗流浃背地搬运山石，送去作坊。

　　傅说是铸铜奴隶的后代，强悍而仁慈，身手矫健异常，虽说只有十五岁，但在奴隶之中有着很高的威信，所以宋笃春让他负责山石的运输和监督青铜的冶炼。

　　傅说从不责打辱骂奴隶们，在运送山石的途中，还经常会和拉车的奴隶吟唱流传在乾地的一首民风《乾地辽茫》，歌声沉郁悲怆，在崎岖的山道上，在绵亘的大山里久久回荡。

　　　　天海浩荡
　　　　乾地辽茫
　　　　黍离青青
　　　　牛马扬尘
　　　　谁儿不刈
　　　　谁儿不耕
　　　　谁儿不狩
　　　　谁儿不征
　　　　问其人儿
　　　　命何如哉

　　　　天海浩荡
　　　　乾地辽茫

春酒融融

宫俏逶迤

谁儿无衣

谁儿仍矜

谁儿独征

谁儿已殇

哀其人儿

命何如哉

威严的盘庚殿内,小乙和朝中众尹们正迫切地想知道占卜官亘贞占卜出来的结果。

亘贞取出一块消磨平整的龟壳,用急火在龟壳背面的钻孔上烧灼。龟壳的正面慢慢出现了人字形的裂纹。他用青铜刀在裂纹处刻下了几个字,然后向小乙王禀告结果。

大王。卜兆显示,四王子武丁尚在人间。

小乙大喜,对甘寻说:

甘士卿,速遣精干王军在全国范围内寻找。如有发现者,赏地百里,享受公侯之荣。

是。

太宰康常诡异地笑了笑,没有说话。

一个月后,武丁的身体在兰渚和傅说无微不至的呵护下完全健康了。可那道醒目的疤痕从此也遗留在了脸颊上。武丁时常抚摸着它暗自发呆。兰渚问了他几次刀疤的来历,他就是不

说。事实上他对从前也记得不那么清晰。

两个月后，武丁真正成为作坊的一名小奴隶。他跟着傅说在作坊里到处跑，傅说监督奴隶们冶炼时，他就站在一边看。每天傍晚歇息的时候，他都要到兰渚所在的泥塑房里，和她嬉戏玩闹，排遣一日的辛苦和紧张。

傅说有时也会来这儿，把他们俩拉到作坊外的草地上。傅说会从残破的衣襟里掏出几个烘山芋或一只烤野兔分给他们吃。这对于整日吃糠咽菜的奴隶们来说，无疑算得上佳肴美味了，武丁头也不抬地狼吞虎咽，兰渚不一样，每次她都要把手里的食物塞给傅说一些，尽管傅说口头上说他已经吃过了。兰渚总是甜甜地对他笑，眼睛里流动着清冽的泉水。

吃吧。我知道你肚子也饿了。你对我好我会记住的。

在乾地落日的余晖里，傅说教武丁摔跤和一些简单的拳术。大部分时间身为大哥的他都让着武丁，兰渚坐在旁边边笑边说：

小弟你也太霸道了。傅说大哥让着你的。

玩累了，他们三人就坐在草地上，傅说唱《乾地辽茫》，武丁跟着唱，可声音总也没有傅说浑厚铿锵。兰渚用一根傅说捡来的木梳子梳理着沾有泥土的乌黑头发，梳理整齐后会在上面插几朵野菊花，兰渚喜欢菊花淡雅的馨香。轮到兰渚唱歌时，他们兄弟俩就静静地聆听。兰渚的嗓音稚嫩清甜，唱起民风来格外悦耳。

汤汤杞水

　　有如我心
　　心忧忧兮
　　念君早归

　　那真是一段无忧无虑的岁月。

　　小乙王在民间寻找了五年，没有找到武丁，康常也没有，小乙在盛清宫里抚摸着美戊鲜美明艳的脸庞叹息：
　　还没消息。
　　美戊的眼泪濡湿了小乙的手。

　　武丁十三岁那年经历了几件事情，从此他的性格变得乖戾阴郁起来，经常没有原因地发怒，整个人也沉默寡言了。
　　一天，他照例到兰渚那里去。这几年来兰渚从一个小姑娘变为清秀丰润的少女。随着年龄的增长，她对傅说的爱意也越发浓厚。傅说经常东奔西走，帮宋笃春运送酒器，所以有时一个月都不能到泥塑房去，再也不能像从前那样朝夕相对。她把作坊里最好吃的食物节省下来，等着与傅说见面时一言不发地塞给他。她还偷偷地用泥土做了傅说的头像，放在房屋最隐蔽处，每日都要趁房中无人时找出来看，以解相思之愁。
　　傅说身上具备的优点：阳刚威岸、体恤弱者和头脑冷静、顾全大局让兰渚芳心醋醉。她想永远和傅说在一起，就算是像其他男女奴隶一样卑贱地活着，也是令人感到满足和幸福

的事情。

傅说好像不知道她的心思，一直把她当作从前的小妹妹来看。兰渚想向傅说表白，可总是碍于情面张不开嘴。还有一个原因就是，冶炼房里的武丁每天都跟在她身后。

在女奴隶中武丁只和这位相貌最出众的兰姐姐接触，他发育正常的少年的身体里不可避免地发生了对异性的渴求，但更多的还是懵懂的爱情，日益增加的好感。

武丁喜欢看兰渚轻颦浅笑，痴迷她坐在那里专心细致捏制泥塑酒器的背影，尤其当兰渚弯腰抬东西的时候，那娉婷的柔软的腰身起伏的终点是丰腴圆熟的臀部，美好而自然地向武丁的目光微微翘起，绚丽的晚霞给这个让武丁顶礼膜拜的女性器官涂抹上一层神秘的充满魅惑的色彩。

每个孤寂单调的夜晚，在周围奴隶们此起彼伏的鼾声中，武丁总要回忆着兰渚的身体才能入眠。兰渚和武丁都在处于单相思的阶段，只是对象不同。但武丁的介入，势必会影响到兰渚与心上人的单独接触。

这一次傅说刚从嚣地回来。路过泥塑房看望兰渚，欣喜的兰渚容光焕发，正准备把积攒的食物拿给傅说吃时，武丁像往常一样走进来。

大哥，你什么时候回来的？

刚回来。哎，这么多食物，我一个人吃不完，你也吃点儿。

武丁从傅说手里接过豆饼时，没注意到兰渚有些不高兴。

小弟，过两天我还要到嚣地去，给一家酒馆送新制的酒

器，你也跟我去吧，见见世面。

武丁很兴奋地一口答应。

好，你们在这吧，我还要去交差，我先走了。

傅说走后，兰渚微噘着嘴坐下来重新捏制酒器，武丁凑了上去。

兰姐姐，你捏的这是什么？

酒壶。你没见过吗？兰渚爱搭不理地跟他说，她的心里想的都是傅说。刚来又走了，话都说不上几句，都怪武丁。

我哪见过这个呀。

武丁一个劲儿讨好她。

喧闹沸腾的嚣地集市上，傅说和酒馆的馆主做着买卖，他要用今天的这四十件大型酒器换回五只羊、两串铜钱和三串贝币。武丁傻傻地站在馆外，守护着牛车上捆绑好的酒器。

几个喝得醉醺醺的公子哥从酒馆里吆五喝六地荡出来了。他们这几个无赖仗着自己父亲在嚣地有些头脸就气焰嚣张，整日在集市上胡作非为，挑衅打架。他们欺软怕硬，就爱找那些畏首畏尾的懦人的碴儿。

为首的一个家伙手里还拿着一个盛着酒的铜杯，边走边饮，他走到牛车旁站住了。

哟，从哪儿弄得这么漂亮的酒器，还有青铜羊尊。拿一个回去。

武丁护住，焦急地连话都说不清了。

你……你不能拿……不能拿……

不能拿？狗奴！天底下没有你老子我不能拿的东西！

浪公子说完，就把杯里的酒洒泼了武丁一脸。另外几个放肆大笑。

搬！

你们不能搬！你们……

武丁扑过去，用身体挡住了酒器。

浪公子恼羞成怒，拿着铜杯就没头没脸地向武丁砸去。沽沽流出的鲜血阻碍了武丁的视线。

你们不能拿！

穿青衫的瘦高个一拳把武丁的鼻子打出了血。

狗奴！你……

瘦高个打了个酒嗝，从鼻孔和嘴里溢出了腥臭的气味。

你找死！

集市上的人都聚拢了过来，兴高采烈地观看着这场精彩的以强凌弱的殴打，指手画脚评头论足。这五位纨绔子弟更加兴奋地施展拳脚。

瘦高个拽着武丁的脏发，拖着他到处走，武丁身上落满了脚印。浪公子发现武丁脖颈上系着玄鸟形状的青玉，一把抢过来，以致于武丁脖颈上留下一道血痕。

狗奴也配有这个？

还给我！还给我！

武丁声嘶力竭地哀嚎。这块玉是武丁两岁时母戊亲手给他戴上的，象征着高贵、精良和权力。当然他可能不记得了。

但这玉陪他度过了十几年，也是武丁现在唯一拥有的属于自己的东西。

傅说从酒馆里冲了出去，扭住浪公子的衣领。

公子，把青玉还给小弟。

你是谁呀？打！

瘦高个被傅说一脚踹飞，落在茶摊的大水桶里。浪公子刚想求饶，被傅说提起甩到对面的羊肉铺上。那三位也被傅说凌厉的拳法和威猛的腿功打得叫苦不迭磕头谢罪。

小弟，我们走吧。

遍体鳞伤的武丁被傅说抱到了牛车上。

兰渚精心照顾着受伤的武丁，她每天给他敷药换药，喂饭喂水，关怀备至。傅说也经常过来看他，给他带一点珍贵的肉食。看看俏美的兰渚为他忙里忙外，武丁的心里暖洋洋的。他想，兰渚对我这么好，挨这顿打也值得。

作坊里储备的粘土快用完了，宋笃春让傅说去寻找一些来，傅说自然地想到兰渚。他要带她到乾地西边的孔雀石山上看看。

傅说来到泥塑房告诉兰渚这个消息，兰渚欣喜得红光盈腮。终于可以和他单独在一起了。

毛头小子武丁厚着脸皮进来，央求傅说也带他去，兰渚不愿意了。

哎呀，我们去找粘土，你跟着去干什么呀？

我想跟你们一起嘛。

瞧你，整天都跟在后面。你烦不烦呀？快到冶炼房干活吧。

兰渚可爱而盈巧地抽过身去，整理她的东西。

武丁的心里顿时凉了下来。虽然兰渚说的是一句玩笑话，但武丁却固执地以为兰渚从来没有在乎过他，他很伤心。

小弟，去不去了？

傅说走过来拍了拍他的肩膀。

噢，不了，我回去干活了。

武丁笑得很勉强。

当天晚上倾盆大雨，武丁夜不能寐。冰凉的雨点透过土墙的缝隙扫在武丁的脸上。他在漆黑中回想上午的事情。从白润柔顺的兰渚嘴里说出的"你烦不烦呀"叠化演变成无数个声音在他耳边回响。最爱的人对他说出如此不屑一顾的话语，武丁感到心里很不是滋味。

傅说和兰渚躲在山洞里避雨。他们下午到山腰发现粘土后本来打算回去，被这场突如其来的大雨困住了。

傅说升了一堆篝火。

兰渚，你的衣裳湿了，坐过来把它烤干。千万别着凉了。

羞涩的兰渚坐在了傅说旁边，憋在心里的情话始终没有说出口。也许就这么坐着很欣慰了吧。

两人静坐了一夜。

第二天拂晓，大雨歇息了。山中的空气清新湿润。兰渚跟在傅说身后，走到一处溪流时，她停住了脚步。

我想喝点水。

兰渚喝了几口后又舀水洗了脸。她扬起粉嫩沾水的脸对傅说笑了笑，刚站起来想离开时，不小心踩到一块光滑的石头滑到了水中。兰渚随着湍急的水流向前漂浮，而不远处的溪流的尽头则是壮丽险峻的大瀑布！惊慌失措的兰渚忘记了呼喊，傅说纵身跳下，救起了她。

浑身湿透的兰渚身体曲线更加玲珑动人。她靠在傅说宽阔的胸膛上喘息。

好了，兰渚。没事了。

傅说第一次发现怀中的小妹是这样的丰盈娇美。

回到作坊后，兰渚对傅说更加好了。而武丁虽然感伤于兰渚的不屑一顾，但是只要一看到这个美艳的姐姐，仍然会想尽一切办法讨她欢心。武丁对她魂牵梦绕。不过傅说大哥一旦出现，武丁就主动地回避。武丁也说不清楚为什么。可能是因为大哥太优秀了吧。武丁感到了深深的自卑。有时他会觉得自己在对待感情上很贱。既然兰姐姐对他无动于衷，那他为何还是这样死心塌地爱着她呢？

十四岁的武丁沉默少言，经常会陷入一种焦灼烦躁的心境里。

这一年五月，盘庚王托梦小乙告诉他武丁尚在殷都东南的讯息。小乙拿不定主意，便让占卜馆里的几位高手：亘贞、谷贞和诸庶来盘庚殿现场用龟壳占卜。

谁知太宰康常暗地里行动，他派人给每个卜官家里各送去黄金五十镒，让他们第二天在大殿上统一口径，就说武丁早已死去。而诸庶是康常一手提拔上来的，自然听他的话。没想到亘贞是个顽固而正直的人，他冷着脸孔把送礼的人请了出去，并说该是怎么样就是怎么样，谁都改变不了。而谷贞这个刚从地方上调来的以占卜精准闻名的年轻的卜官，则一言不发地接受了黄金。

三人用青铜刀在龟壳上刻下了卜辞，占卜结束了。

结果如何？小乙王问他们。

谷贞低头沉默，他在等别人说，他不想惹弄是非。

性急的亘贞拱手说：

大王，臣适才所验结果，龟壳的裂纹一直向东南方延展，再加上天干地支的运算，臣可确定四王子委身殷都东南。

小乙喜形于色，正要下令卿士甘盘差人寻找，太宰在一旁慢条斯理地问诸庶：

诸卜官，你的结果如何？

嗯，龟壳裂纹纵横参差，路线紊乱。卜兆的结果，应该是，王子多有不测，也许已不在人世。

用龟壳占卜需要一定的技巧，特别是烧灼这一环节，代表

天神意愿的卜官们可以根据需要天衣无缝地做出不同的裂纹。诸庶就用了这样的手段。

小乙的神情黯淡下来，他看了看缄默的谷贞。

那你的呢？

请大王恕罪，小臣未能测出结果。

唉！

甘盘替小乙出谋划策。

大王，卜兆存在争议也在情理之中，不必烦恼。既然先王盘庚再次托梦，我想大王理应寻找。

甘爱卿所言甚是，那就派出五百名王军在殷都东南范围内搜索吧！如果我儿活着的话，就已经十四岁了。震，你还记得四王子体态相貌有何特征吗？

王子在戚地战场上左脸颊受了鬼方马手一刀，而且当时王子的颈项上系着有王族标志的玄鸟形青玉。

当夜康常豢养的七十位剑法精湛的死士纵马上路了，他们带着太宰的口谕：殷都东南，方圆千里，分区别域，逐地盘查，凡见左脸颊有疤痕之少年，无论其颈项是否系有青玉，一律格杀勿论！

三日后，武官震的手下蒯冉带着王军的车队上了寻找的路途。

小乙二十三年殷历十一日，这个溽热难耐的日子让武丁永生难忘。

这天上午武丁打算去看兰渚，可走到门口又快快地折了回来，因为听见了大哥傅说在里面说话。闷闷不乐的武丁四处转悠，看见作坊外面挤满了一堆人。他好奇地钻了进去，还没有看到什么便被一只大手拉住。

来，这里还有一个少壮奴隶。你，从这摊竹片里随便挑一个，不许看背面。

奴隶主贵族宋笃春要在七月十四祭祀祖宗神灵，命人从年少的男奴中间抽出二十二人作为祭品。让这些奴隶们拈阄，谁拈到背面有朱砂画的一道杠的竹片谁就是祭品，宋笃春说这就叫做生死有命。本来五十名预备人选已经够了，可负责挑人的监工本着多一个不多的原则把武丁也拉了进去。

武丁不明原因，懵懵懂懂地在稀落可数的竹片里拿了一块。

监工看了看背面：红杠，他面无表情地对旁人说：

把他绑了。

监工把五花大绑的武丁和其余二十一位奴隶带到了宋笃春面前。宋笃春是个爱酗酒而又庸俗浅陋的男人，他走到武丁面前，嘴里喷出酒气。

这狗奴长得这么丑，脸上还有刀疤。算了凑合用吧。哎，这块玉真不赖嘛。

宋笃春捋下武丁的青玉。拿在手里赞赏不已。

好玉，确实是好玉，可惜跟了个狗奴。我拿着吧！只有我才能配得上这块玉。

武丁眼见着系戴多年的青玉被贪婪的宋笃春抢走了，他不敢说话。

等到傅说和兰渚得到这个消息时，武丁已被绑在一间草屋的大柱子上，静候死亡。

兰渚流着眼泪喂着武丁一碗喷香的黍饭，饭里还拌着酸酸的肉酱。武丁边吃边凝视着眼前这个他爱慕着的少女。难道我真的就这样死了吗？武丁心里想。

喂完饭后，兰渚扭过头来问傅说。

怎么办呀？小弟他……

傅说紧锁眉头，一筹莫展。

第二天夜里雷声轰隆，强劲的闪电劈死了一个正赶回作坊的少年奴隶。傅说在掩埋尸体时心生一计：以死换活。因为奴隶主祭祀时只需奴隶人头即可，不在现场杀人。傅说割下少年的头颅，在他被雷电击得焦黑的脸颊上划了一刀，然后又用铜钱买通监工，让他们不要声张。

十三日夜晚，傅说遭入草房砍断了武丁身上的绳索。兰渚躲在作坊的大门外，看见傅说两人朝这边跑来便站起身。

小弟，你到乾地外的山洞里躲着吧，这包是烘山芋，你拿上。

兰渚，你快回去吧。路这么远，我带小弟去就行了。

　　傅说把武丁安置在了曾经和兰渚避雨的山洞里。他让武丁白天尽量不要出洞，等到晚上才下山去找水喝。

　　每隔两天我都会给你送食物。小弟，你先在这儿安心呆一段时间。

　　武丁怅惘地想，兰姐姐呢？她不来看我了吗？

　　相安无事地过了一个月。转眼间已到了八月二十二日。上午傅说来泥塑房，让兰渚明日和他一起去器地送酒器，临出门时还送给她一枝他亲手打造的铜簪。他认为兰渚十六岁已经成大人里，应该把头发盘起来插上簪子。而兰渚则把这铜簪看成了定情信物，它引发了兰渚潜藏多年的炽烈的情欲。她决定要把娇润香嫩的身体献给傅说了。就是这次。

　　晚上，月光清幽皎洁，兰渚在乾地外的小河里洗澡，四周寂然无声，只有兰渚撩水濯洗身体的哗哗声。她以为周围不会有人，可没想到小河旁边的草丛里蹲着一个人：武丁。

　　原来孤寂无聊的武丁下山闲走时，发现兰渚抱着一堆衣裳匆忙地走着。他不知道兰渚这么晚了还从作坊出来干什么，便索性跟在她后面。于是武丁便看见了这勾魂摄魄的一幕：波光粼粼的河水还没过兰渚的腰际，在朗润的月光的辉映下，她的身体有如羊脂般光鲜白皙，背部的曲线起伏跌宕。虽然兰渚在上岸时就用粗麻布裹住了身体，可那一瞬间，武丁还是隐约看见了让他心醉神迷的肥美的臀。这一夜，蜷缩在山洞里的他梦中又重现了兰渚洗浴的画面，武丁臆想着和她缠绵亲昵，结果跑马了。

第二天下午酷热未消，天色阴沉，令人憋闷，眼看着一场暴雨就要降临了。送完酒器的傅说带着兰渚驾御牛车行进在阗无人影的旷野上。

心情不错的傅说挥动鞭子，兴之所至唱起了《乾地辽茫》。

> 天海浩荡
> 乾地辽茫
> 黍离青青
> 牛马扬尘
> 谁人不刈
> 谁儿不耕
> 谁儿不狩
> 谁儿不征

歌唱到一半时，天降骤雨，淋漓的大雨带走了焦躁，送来了清凉。傅说把牛车栓到大树下避雨。

已经把从前飘逸乌润的长发盘成一个圆髻的兰渚坐在牛车上心里小鹿乱撞，双手由于紧张不停的揉搓着。还有十几里地就到作坊了，再不向傅说示爱就没有时间了。

兰渚，下个月活儿不忙的时候跟我去看看小弟，他挺想你的。

嗯。

两个人沉默了半晌。雨还在瓢泼地下着。

兰渚咬紧了嘴唇，双目迷离，颤抖着张开双臂搂住了傅说的脖子。

傅说……傅说……

兰渚迷狂地亲吻着傅说的脸颊，温润的眼眸里奔溢出压抑已久的欲望。

傅说感觉到兰渚绵香而丰柔的肉体不停地在他后背摩蹭，这一刻他才明白兰渚的心思。他转过身，果断地迎合了兰渚的亲吻。

那年夏天在旷野里酣畅无羁的交合是两人生命中唯一的一次。

殷历九月初三的夜晚，武丁照例在山洞里烧火驱赶寒气。突然有一个人走了进来，他是康常的死士雍，他负责乾地的搜查。

雍取下斗篷，露出一张风尘仆仆的脸。他对武丁拱手。

小兄弟，我因私事来到此山，天色已晚，可否让我在这借宿一夜？

可以。

武丁还给雍拿了几个烤熟的山芋，雍坐下来，把青铜剑平放在膝盖上，向武丁点头致谢。

吃完后雍正想歇息，猛然发现火堆的那边，蜷缩着的小兄弟左脸颊上有道疤痕。雍想到了康常的命令，便狠下心来起身拔剑走向武丁。

武丁惊慌失措，连忙拣起一根拨火用的木棍。

你……你想……干什么？

雍缓慢地移动步伐，用寒光闪耀的剑把武丁逼到了山洞的角落。

这时有一块石头击中了雍的后脑勺，雍凛然转身，看见一个健硕的汉子手持木棍站在洞口，他便是傅说。

原来傅说前几日给武丁找到一个活儿，在嚣地酒馆里当烧水工，今夜前来告诉武丁这个好消息，没想到又救了武丁一命。

傅说双手握棍，摆好格斗的架势。

你为何要杀小弟？

雍不答，纵身腾起刺向傅说。

傅说挡住后挥舞木棍，棍如疾风，暴戾急促，再加上步法敏捷，辗转进退，不一会儿便占了上风。雍感到此人武功不凡，自己虽练剑多年，卓有建树，但在此人面前仍相形见绌。

雍的剑卡在了木棍里，陷入甚深，一时难以拔出。两人僵持之际，傅说运足力气，翻转手腕，将拿剑的雍击倒。

傅说拔出陷在木棍里的剑，把它拿在手里，问趴在地上的雍。

你是什么人？为何要杀我小弟？

雍不语。

雍支撑着磕伤的双腿站了起来。

请把剑还我。

傅说沉思了一下，便把剑扔给了他。

雍接过剑来，神情痛苦地说：

受人之托，食人之惠，不得不杀。如今大势已去，我被你用木棍击败，是莫大的耻辱，岂有颜面苟活人世？

死士雍拔剑自刎，倒在地上。

武丁被这骇人的场面吓傻了，挤在角落里瑟瑟发抖。

第二日大采之时，武官蒯冉带着王军车队来到乾地。蒯冉命一百名军士封锁孔雀石山，逐个盘查山上劳作的奴隶，而自己则带兵到了青铜作坊。

喜爱谄媚奉承的宋笃青听说有从殷都来到的大将军到这里办事，连忙出门迎接，并派人准备酒宴款待。

到了巳时还无头无绪，落寞而疲乏的蒯冉被宋笃春推到了酒席的上座。

蒯大将军光临本地，实为我等的荣幸，特备钦杯薄酒，不成敬意。小人先敬一杯，为将军接风洗尘。

宋笃春捧着个大兕觥不歇气地一饮而尽。

酒过半酣，红光满面的宋笃春已经开始醉话连篇了。

大将军……大将军……你是从殷都来的……为大商王效力……了不起……我们这小地方的人自然比不上……哈哈……将军……我也有好东西……你看看这块青玉……看看……

每逢有头有脸的人物来作坊，宋笃春总要把从武丁身上抢来的青玉拿给人家炫耀，这次这么好的机会，宋笃春当然不能错过。

蒯冉看到他手心托着的那块玄鸟形青玉，脑中轰然作响，先前的酒意全消了。他站起来，一把夺过青玉。

你从哪儿弄的？

嗨，说出来不怕大将军笑话，是我这里一个狗奴的。

他多大年龄？

看他那样，估计也有十四五岁。那家伙长得太丑了，左脸上还有刀疤。别提多难看了。

蒯冉冲到宋笃春面前。

王……此人身在何处？你马上给我找来。

找？找不到喽！两个月前小人祭祀祖宗，把他当祭品一块给祭了。狗奴嘛。

祭了？

蒯冉暴怒，一脚踩翻了宋笃春的小酒案。

你等着诛九族吧！来人！把他绑了，押回国都！

宋笃春慌了，爬着抱住了蒯冉的脚。

不是……将军，这正喝得好好的，有何冒犯将军说就是……将军……

宋笃春被蒯冉踢到一边去，窝在那里痛苦流涕。

这客请的……还以为能巴结上一个朝中的呢……

有士兵飞奔进屋，跪地便报。

大将军，孔雀石山的山腰处发现一位左脸有疤痕的少年！

唉。我们来的太晚了。那个少年不是我们要找的人。放了他吧。

蒯冉又踢了宋笃春一脚。

把他押上车！

漫长的车队来到孔雀石山的脚下，那一百名王军重新汇入队伍中去。被释放的武丁和傅说站在一起，目睹着眼前富丽华贵的车阵。不少奴隶交头接耳，啧啧赞叹。

被绑在临时改装的囚车上的宋笃春无意中看见人群中的武丁，立刻嚷了起来。

哎……哎……见鬼了……怎么那孩子没死……奇怪……

武丁见大事不妙，刚想逃跑，被随之而来的几名士兵按住了。傅说跟他们吵了起来。

不是刚放了吗？怎么又抓他？

欣喜若狂的蒯冉从车下跳下来，掏出怀里的青玉。

这是你的？

……是。我从小就戴着。

你叫什么？

我没……名字。

蒯冉向围观的奴隶们喊了一句。

九年前你们之中有谁救过他？

傅说趋步上前。

大人，是我救的。

从哪里救的还记得吗？

乾地三百里之外的戚地。

蒯冉长吁了一口气。

老天有眼。听人说，两个月前祭祀的时候……

噢，我……把小弟放了。

好。

蒯冉拍了拍傅说的肩膀，然后把武丁抱上了车。他坐在车厢外拉动缰绳，四匹彪悍的白马嘶鸣起来。

我们星夜赶回殷都赴命。

大将军，此人如何发落。副将指着宋笃春。

先别管他。

是。

武丁从车窗与傅说无语对望。车轮辚辚，腾起阵阵尘烟。

武丁走后的两个月内，宋笃春以为这小子可能是什么王亲国戚，很快还是要回来找他大哥的，所以忍着不敢打骂傅说。可过了这么久了还没动静，宋笃春估计武丁也许只是个要犯不会回来了，便开始找各种理由毒打傅说，因为他认为是傅说令他颜面扫地。

武丁继承大统的那一天，一月二十日。傅说被鞭绳抽得皮开肉绽，兰渚含着眼泪给他擦捣烂的草药。

傅说忍住巨痛，帮兰渚抹干眼泪。

下次如果还这样，我就造反！

兰渚握住傅说的手，把它放在自己光滑洁净的脸颊上温暖着。

他们这么多家兵，我们斗不过他们啊。

没办法，拼了！再这样下去迟早会被他们打死。兰渚，如果我逃出去了，你和不和我一起走？

你去哪儿我都跟着你。

二月十日，宋笃春挑衅意欲毒打傅说，被奋起反抗的傅说用青铜酒觯砸死了。一时间作坊大乱，绵延相连的数十间草房着火，浓烟滚滚，遮天蔽日。一百五十名家兵倾巢出动，在宋笃春之弟宋穆的指挥下，追捕傅说。因为场面混杂，傅说找不到同样在找他的兰渚，于是无奈地与另外五位奴隶杀出乾地，一路逃亡。宋穆所写的缉捕悬赏告示贴满了沿途。

武丁一年殷历三月十四日，蒯冉率领王军车队再度来到乾地的青铜作坊。

家奴中可有傅说、兰渚此二人？

嗯……好像有兰渚这么个人。至于傅说这个狗奴，上个月杀了我兄长逃走了，我已命人通缉。宋穆在一旁小心谨慎地回答。

大胆！傅说乃武丁王定下的国相，你敢通缉他？

傅说……国相？！

如果国相有什么闪失，杀你们一百个一千个都无法偿还！立刻撤消通缉令！

是。是。

带我去见兰渚娘娘。

这天晚上宋穆一个人跪在供奉祖先牌位的祠堂里诉苦。

列祖列宗，咱们怎么摊上这么一块福地呢？先出了个大商王，后来又出了个国相和娘娘。可咱们什么好处都没捞着哇?!大哥白死了，我这……你们在天之灵可要护佑我。但愿我们这作坊里别再出贵人了。

五月十七日，已经逃亡三个月的傅说等六位奴隶流浪到涘地，恰好碰上商朝大军押送黎国战俘的队伍。武官震骁勇善战，四月三日出兵，五月五日便攻下小国黎国。黎国王族尽皆处死，士兵黎民均沦为奴隶送往殷都及各个大商城邑。大部分战俘已经运走，还剩下极少一部分老弱病残、行路不方便的滞后。

傅说等人躲在一块稀疏的树林里，看着眼前这支队伍。

队伍仅有四十多名老弱战俘，两人一排，绑住双手，前后相连，行动迂缓。负责押送的八名商朝兵士不停地用皮鞭抽打他们。

走快点！

一个领头的老战俘左腿因为戈伤而脓血淋漓，腐烂不堪，只靠周围一点点完好的皮肉连接。由于日光毒辣，他一头栽在地上，再也无法站起。整个队伍停住了。

商兵骂骂咧咧地踢他。

起来！别装死！起来！

战俘实在无法起身，商兵便拔刀杀了他。

你们不快点走跟他一样！

队伍里骚动起来，骂声不绝于耳。

傅说注意到这支队伍里居然有一位年轻人，他的骂声最大。商兵走到这个大汉面前。

他是黎国军队的百夫长臣已，为人狰厉而霸道，面相凶狠，目如鹰隼使人不敢正视。

商兵照着臣已的脸抽了一皮鞭。

你喊什么？

臣已嘴皮嗫动，眼睛里折射出凶光，一脚把商兵踢得吐血疼得在地上打滚。另外一个士兵拎着刀向臣已走去。

傅说腾地站了起来，手里握着从乾地作坊的家兵那里夺来的刀。

其余六名商兵发现了傅说等奴隶。

那边还有几个，杀了他们！

傅说等六人从树林里跳了出来，与商兵交锋。傅说一刀砍死了一名后，奔到队伍中去，杀了那个想报复臣已的士兵，随后挑断了臣已手上的绳索，臣已看了傅说一眼便捡起地上的刀，和其他奴隶一起结果了剩下的商兵。

傅说刚刚解下众多战俘身上的绳索，后面就传来了震耳欲聋的喊声。

有逃跑的奴隶！杀了他们！

数千名商朝步兵追了上来，臣已、傅说等人抵挡了一会儿，自觉寡不敌众便向前逃跑。直到甩掉大部队时，傅说才发现身旁只有臣已一人。作坊里的兄弟们和救下的战俘或许已经在刚才的拼杀中死去了。气喘吁吁的臣已抹着额头的汗问傅说：

你打算怎么办？

我也不知道，逃到哪儿是哪儿吧。

臣已靠在一棵树上。

我歇一会。

不能歇，后面有追兵。我们再往前走走。

傅说扶着臣已，在苍茫的天地间缓慢地移动着。

这还有两个。站起来！

傅说被人踢醒时，发现身旁围了一圈拿着戈的商军。他和臣已走了一夜,黎明时又困又饿实在走不动了，于是躲到小树林里睡着了。傅说没有拿刀反抗，老老实实地抱着头站了起来。

一个满脸络腮胡子的士兵暴躁地狂踢臣已。

畜生还装死！

臣已两眼圆睁，瞬间翻身旋起，操刀就要劈络腮胡子，被几个士兵用戈架到了树上。傅说替臣已求情。

各位不要杀我兄弟，放了他！

两人被塞进了浩浩荡荡的战俘队伍里。战俘通常只有两种命运：要么被杀，当做祭品；要么被各地奴隶主贵族用一束蚕丝买去，沦为他们家里的奴隶，过着猪狗不如的生活。在几个月枯燥艰辛的行路过程中，傅说和臣已彼此照顾，结下了深厚的友情。臣已唤傅说为哥，因为傅说年长他两岁。

酷热的夏天过去了，清凉的秋天也过去了，马上就要到落雪时节了。天气的变化使有些羸弱的战俘生出疾病，死了或干脆被监军丢在半路等死。队伍的人数每天都在减少。傅说不知道这些士兵究竟要把他们带到哪里。他只是在很多个无边黑暗的夜里想兰渚，她还在青铜作坊吗？她过的好不好？这辈子还能见她一面吗？

只有监军知道，这支队伍一直向殷都方向进行。

伐　异

　　武丁一年殷历三月初五的卯时，武丁王在恢宏庄严的盘庚殿上宣布了他构思缜密的欺骗计划。

　　众位尹士列位诸侯，昨夜我做了一个奇梦，父王小乙为我画出了两人的头像，并说此男名"说"，可为国相治理天下；此女名"渚"，可为王妃管辖后宫，得此二人，则大商复兴成矣。父王把头像递给我看，我发现原来是我流落民间时结识的两个人：傅说和兰渚。

　　四十级台阶的黑服官员们面面相觑，窃窃私语。

　　如无疑议，明日我便派人将此二人寻来。

　　太宰康常冷笑一声，站了出来。

　　大王难道忘了大商法度？凡事要占卜之后才能确定。

　　武丁心里忐忑不安。

　　那……那就让卜官占卜吧。

　　殿内跪坐的亘贞刻好卜辞，起身拱手。

　　禀大王，此二人一时难以找全，况且就算都找来了也不一定能使大商复兴。

　　武丁一脸尴尬，康常心中暗笑。

　　卜官诸庶当然通晓太宰想让其子当相的心思，胡乱烧灼一阵，便收起龟壳附合亘贞的话语。这一次他们倒是站在了一起。

请求大王给小臣一天时间，明日此时定能算出。

说话人是谷贞，他是位城府深似海的年轻人。当年盘庚王二次托梦，小乙命他占卜时，他便以无法测出回复并于第二天夜里把五十镒黄金退还给康常，名曰无功不受禄。他在阴森幽黑的权利斗争中游刃有余。

武丁只好应允谷贞的请求，或许这是一线希望。

卿士甘盘提醒武丁昨晚寝宫商议之事。

大王重建宗庙一事……

对，我要在殷都之南择一块吉地，修建宗庙，把原先宗庙里的历代先王牌位迁移过去，以示威仪。甘卿士，由你负责此事。

遵命。

黎国日暮途穷，政治腐朽，民怨激愤，军心涣散，我欲图之。特命震为征讨大将军，替大商翦灭黎国！

是！

当夜，武丁让奴隶总管翟横密请谷贞。

谷卜官，你说我任用父王所托之人如何？

回大王，既然先王托梦，应当无妨。

好，那明日你占卜时小心谨慎，别辜负先王的一片心意。

谷贞看到武丁的眼睛里暗藏杀机。

回到家中，谷贞先用龟壳烧灼，后用草杆依照伏羲氏的乾坤艮坎巽震离兑八卦重叠组合成六十四卦进行卜筮，结果均证明了亘贞的卜兆是正确的，谷贞权衡再三，决定明日在大殿上说一个谎，成全武丁。

三月十九日，兰渚被蒯冉的车队接到殷都。不知所措的兰渚正打量着将属于自己的寝宫内精美绮丽的装潢，一身黑袍丰神俊朗的武丁带着翟横迎了过来。

小弟，你怎么……

兰渚惊讶于仿若脱胎换骨的武丁。

见到大商王还不下跪！翟横在一旁说。

武丁连忙扶起恍恍惚惚的昔日姐姐。

兰渚，从此你就是我的兰妃了！这里将属于你！

这句话像千钧的重锤，彻底粉碎了兰渚不堪一击的脆弱而微茫的希望。

二十日的春夜，得偿所愿的武丁在兰渚赤裸白腻的身体上纵横驰骋，压抑数年的欲念一时间倾泄而出。疲惫的他愉悦地在兰渚的耳畔呻吟：

你知道吗？……兰渚……我一直倾慕你……兰渚，你是全天下最美丽的女人。

半个时辰后武丁满足地睡去。幽怨的兰渚默不作声地穿好衣服，扭过头来望着窗棂外那朦胧而又凄冷的残月流下了屈辱的清泪。

傅说，傅说，你还活着吗？你现在在哪儿？

殷历八月的一天，臣奴雁宫怀向美戊汇报完武丁的饮食及身体状况后，从盛清宫出来，看见武乙在空寂的走廊里大摇大摆地晃荡着，估计要到他母亲秋鸿氏宫中。雁宫怀偷偷笑了笑，出于礼貌他小跑过去向武乙问候。

二王子好。

嗯。……哎，你回来。帮我把……

雁宫怀翩然转身，秀目含笑，有如惊鸿一现，顿时让武乙神智恍惚，不能自持，连话都忘了说。

二王子唤我有何事？

你……

雁宫怀那女人般膏腴丰润的眼神凝望着武乙。

你……你是哪个宫里的？

回二王子，小人是大王的臣奴。

寝殿里，武乙心不在焉地吃着美男丹梁喂来的玄参麦冬汤。

王子又想谁呢？

武乙无心理睬丹梁的调情，翻过身去看着松木床上的铜镜。

没想。

呦，王子今天怎么了？谁惹您生气了？

丹梁拿丝巾给武乙擦嘴，把手伸向武乙的衣服里挑逗他。

王子，我来给您消消气。今天换个什么姿势……

去去去，我没心情。武乙打掉丹梁的嫩手。

美男赌气坐在床上不说话了。

长历呢？

好，您想他，让他陪您好了。丹梁系好腰带酸溜溜地走了出去。

武乙的脑子里被雁宫怀那张颠倒众生、魅惑男女的脸占满了。

四弟真有福气。

此后的武乙找出各种各样的借口频频出入武丁的寝宫，目的就是想看雁宫怀，刚开始雁宫怀还对武乙敬重有加，渐渐的也对这个举止轻浮的二王子厌恶起来，态度变得不冷不热，往往是礼节性地打个招呼后就不予理睬了。武乙看着眼前这位姿色柔媚的绝美男子心急如焚，他迫切地想得到雁宫怀，想和他行床第之欢，哪怕是得其身后死在美男的怀里也心甘情愿。武乙陷入了对雁宫怀痴迷狂热的追逐中。

十二月五日大雪，武乙趁他四弟不在宫里便跑去给雁宫怀送了一袭艳丽鲜亮的红衣。

王子何故送我衣裳？小人委实承受不起。雁宫怀继续为武丁捣制权池膏药。

武乙急了，双膝跪地抱住雁宫怀纤细的小腿。

美人，美人……我对你是真心真意的……日月可鉴……只求你答应……

王子请自重。雁宫怀慌忙站起身。

小人不过是一名臣奴，王子如此大礼，要折小人阳寿。小人对王子只是尊敬，别无他念。后宫好男甚多，王子可随意挑选。请王子快快起来。

你的容貌是国中绝无仅有的! 美人，你跟我吧。

武乙摇晃着雁宫怀的腿，乞求他的应允。

美人，纵有弱水三千，从此只饮一瓢。只求你答应。

雁宫怀听了，虽然心弦有所触动，但还是坚定地摇了摇头。

天色已晚，请王子回宫歇息。

无可奈何的武乙只好使出最后一招。

美人，明日我便禀明四弟，让他把你赐给我，这样我们就可以长相厮守了。

雁宫怀大惊，悲戚而决绝地表明心意。

如果王子这样做，小人只有一死。

惆怅的武乙无精打采地走了，留下那袭红衣。

接下来的夜晚里，雁宫怀像往常一样，孤独地等着武丁从两位娘娘的宫里回来，给他脱去染有女人香味的衣裳，给他涂抹药膏。只是在武丁离宫去宠幸别人的这段时间里，落寞的雁宫怀会忍不住穿上武乙送给他的红衣，站在青铜镜前凝神痴观。镜中那个美妙娟媚的玉璧一样的人是男还是女？连雁宫怀自己都分不清。他抚摸着自己吹弹可破的脸颊，幻想武丁在摸自己。

武丁二年一月二十二日，也就是小乙王去世一年后，武丁脱去了黑色丧服，大商恢复白色。

这一天，新建的威严神秘的先王宗庙举行落成典礼。

商朝法度规定：宫殿宗庙修建时，必须举行奠基祭祀仪式，分不同阶段，基址挖好后，需埋入九十名奴隶和八个婴孩；安放柱础之前，要杀掉三百位奴隶；安置大门以前，在门槛周围挖坑分别埋入五十九位执戈拿盾的战俘。而落成典礼时，还要在宗庙前方的公共祭祀场屠杀一千一百人，连同猪、牛、羊和三百辆车马一起掩埋。这一千一百人是黎国战俘中抽出的，傅说和臣已也在其中。

面黄肌瘦的黎国战俘们麻木地站在那里，浩浩荡荡的白衣王军们用铜戟把他们团团围住，只等一声令下。

武丁站在王车上，左手一挥，礼仪官潘羊高声宣布。

王曰：杀祭开始！

祭祀场上人头攒动，如浪潮般汹涌。鬼哭狼嚎声笼罩在上空。

傅说等到一名王军靠近时，奋起一跃，双脚紧紧夹住了他的头，把军人摔在地上。傅说用缚在背后的双手拿戟割断了绳索，这一过程极其迅捷利落。傅说刺死两个士兵后，振臂高呼：

兄弟们，现在不反更待何时？

臣已被傅说解放出来后，拿起地上遗落的青铜刀拼了命地砍杀王军。他整个人处在极度癫狂之中，目眦欲裂，咬牙切齿，嘴里发出低沉浑浊的呻吟。其余不甘被杀的战俘也随他们两人与商兵拼杀，场上大乱，形势快要失控。

两千名善射王军驱车赶到，拉弓便射，不一会儿祭祀场上铺满了被乱箭射死的奴隶。甘盘卿士传令：如起初造反者未死，暂留活口，速速捕来，翌日施以极刑——火刑。

浑身是血的傅说和臣已被带到囚车上。武丁想要看看是何人如此大胆就命翟横把反者传来。

傅说一抬头，武丁又惊又喜。

大哥……大哥……怎么会是你？

小弟……你……

在场的尹士们都愣住了。

武丁赶紧下车，给傅说松了绑。

大哥，你受苦了。你知不知道，我每天都派人四处寻你。

傅说激动地握住武丁的手。

小弟……

来人，把这个反者押回车去。

小弟，此人名臣已，英勇无敌，武艺精湛，是我出生入死的兄弟。请你放了他。

也好。武丁看了看剽悍凶陋的臣已。

傅说被武丁拉上了王车。

他，就是先王托梦命我日夜寻找之国相！有此人相助，大商繁盛指日可待！

臣等恭贺大王寻来国相！大商天下，万世永昌！大邑商！

小弟……傅说疑惑不解。

武丁回过头来笑了笑。

从今往后，改叫我大王。

傅说的意外得来让武丁万分欣喜，信心大增。再加上甘盘、震等人的披肝沥胆，倾心相助，武丁觉得是时候一展鸿图了。

于是一场肃清异己、党同伐异的杀戮开始了。

几个月下来，武丁已借玩忽职守、终饱私囊、里通外国等罪名铲除了朝中大多数反对势力，在这场旷日持久的战役中，国相傅说和武官臣已立下了汗马功劳。

唯一让武丁哀伤的是，二月八日妇好生产，由于婴儿是脚先出女阴的，所以刚出生就死了，妇好也因此丧失了生育能力。秋天到了，枫叶流丹。

殷历十月十日，傅说臣已等人在翟横的带领下来到太宰康常心腹——武官姜范的府邸。

推开漆黑大门，古雅优美的园林里亭台水榭相映成趣；寝屋全为檀木建成，顶上鳞鳞千瓦，一律黛色，飞檐斗拱，美仑美奂；环院池塘里假山矗立，数座木桥幽静地架在两岸。宅中种有十多棵高大的枫树，已到金秋时节，满院红艳欲滴的枫叶缓缓飘动，覆盖了屋顶、曲径和池塘。放眼望去，一片如血般粘稠而纯粹的红，让人不忍瞬目。

来人全穿白衣。傅说佩剑，臣已握刀，五十名王军持戟站立。翟横双手捧着一块锦缎，上面写有武丁的旨意。

王曰：武官姜范位及侯爵，食商俸禄，然玩忽职守，一致民情激愤。特处决此人，抄其家产，没收财物，以充国库！

府里哭声弥漫。

王军正要把姜范捉走时，姜的一名管家拔剑反抗。

不准带走我家主人！你们分明是凭空诬陷！

说完便刺杀了一位王军。

翟横示意傅说臣已。

大王有令：如有反抗者，斩杀全家！

姜范心想反正要死，不如一搏，于是踢翻押他的两名军士抢下一杆铜戟。

臣已命令剩余王军抄杀姜家众人，自己冲上去和那个管家

对决。

凄艳的枫叶悠然飘下。

白衣傅说使剑，棕色服饰的姜范舞戟，他们在漫天红叶中打了起来。

臣已双手握刀，霸气凶狠，三个回合便把管家从头颅至裆部劈成了对等的两半。

姜范的戟好似飞龙游掣，张牙舞爪，呼呼生风，傅说的剑则攻守防御，密不透风，衣服上溅满鲜血的臣已加入进来。

枫叶纷纷扬扬，一片血红，如同疏离的帷幔，干扰了姜范的视线。

傅说一脚把姜范蹬到了雕栏上，臣已旋身腾起，一刀封其咽喉，怕其不死，第二刀深入姜范的小腹。

姜家包括家奴在内的二百八十三人悉数斩首。成河的鲜血上漂浮着枫叶。

此后的伐异行动中，无论对方反抗与否，一律抄杀全家，不需多言。傅说已经入主朝政，抄杀之事，则由翟横和擢升为王军总管的臣已全权负责。这么一来，朝中仅存的极少数先前反对武丁的尹士惶惶不可终日。

太宰康常苦思着应对之计。

与此同时，武官震统军伐基方、蜀方、缶方等方国部落也频频告捷，傅说和甘盘，一个为国相，一个为卿士，为武丁治理国家。傅说虽说是奴隶出身，但腹有良策，胸怀大志，其从容睿智的谈吐有时令甘盘也深深折服。

武丁四年，朝中反对派仅剩以康常为首的十个人，而王族中，只有韶柔公主一人对武丁不服。她时常出入几位尹士府中，行迹甚为诡秘。

殷历四月初九，武丁来到妇好宫中，看见她在掩面啼哭。

你哭什么？

母亲薄曹氏因为生小妹流血过多去世了，这是父亲写来的家信。

武丁想到薄曹氏来殷都的时候，还是位丰硕雍容的美妇人，事隔几年就悄无声息地消失了，真是生死无常。

那……小妹取得是何名？

妇良。

当夜武丁在妇好处就寝。

大王，伐异之事进展是否顺利？

挺好的。

大王不要过于操劳。我对不起你，想给你生个儿子，可是……但愿兰渚妹妹尽快为你添一个……

说到兰渚，武丁心里不免失望。当初武丁把她接到殷都

来，让她做大商国最高贵的女人，可她老是愁眉苦脸，幽怨叹息，每次行房的时候兰渚是毫无反应地接受，弄得武丁兴味索然。兰渚再也不像从前那样妩媚可爱了。

第二天清晨，武丁回到自己的寝宫。数年来紧张的伐异使武丁异常疲惫，想放松一下身心，于是不听王军总管臣已的劝阻，带着雁宫怀和五十名王军径直出宫踏春去了。

临到东典门时，遇见大嫂蓉琳氏坐车进宫。

大王这是要到哪儿呀？

听说殷都以南有片杨花林，我去那里玩玩。武丁望着大嫂清俊的粉面。

午时，太宰康常的宴客厅里坐着四十一位黑衣人，他们是康常豢养的死士，精通剑术，这次的任务就是刺杀武丁。康常觉得如果自己不先行一步，那么很可能武丁的下一个目标就是他。

康常举爵：诸位壮士，与我同饮此杯。

四十一人一饮而尽。

为首的死士叫虞勃，大商津地人，自幼无亲无戚，被康常收养，编入门下，苦修刺杀之技。他拿出一根青色绸条，系住自己左腕，其余死士也纷纷如此。这是死士执行任务前的规矩，系腕以表决心。他们心知肚明，此次刺杀只能成功，一旦失败便要自行了断，倘若苟且逃亡太宰也不会放过他们。

虞勃等死士跪拜康常，以谢他多年来的养育之恩。

申酉之交时，天色苍黄，下起了淅沥的春雨。

傅说准备谒见大王，发现武丁不在便问臣已。

大王何处去了？

往城外踏春。

唉！目前局势正为紧张，大王独出吉凶难测。你为何不拦他？

我拦了！他不听！

两人争执时，卜官谷贞急匆匆地走了进来。

国相，总管，大王在否？

他出去了。臣已瓮声瓮气地说。

总管之意是，大王出殷都了？

嗯。

啊？今日中午我用龟壳占卜，发现大王在南方有危险，特来禀报。

杨花林，青荇地。

殷都以南三十里处，是一大片斑斓浓密的杨花林。春雨如丝如缕，似烟若雾，不时有几片娇柔粉嫩的杨花轻飘落下。

杨花林长成一个圆形，中间围着如毡的油绿的青荇。天色墨黑，王军在青荇地上搭起白色帐篷，供武丁王休息，而他们则点燃火把，在帐篷外保护。

帐内，雁宫怀细心地给昏昏欲睡的武丁王搽权池膏药。

080

四十一名潜伏在杨花林里的黑衣死士开始行动了，他们一点点向帐篷靠近。

臣已率领的一百五十辆王车飞奔在泥泞的大路上。

雁宫怀正想为武丁宽衣，突然听见帐篷外王军们喊：

有刺客！

有刺客！

虞勃轻松地杀死三名王军后，撩开帐帘。

雁宫怀张开双臂，把武丁护在身后，他害怕的模样更加楚楚可怜。

离杨花林还有十步之距时，臣已不等马车停稳，一个筋斗翻下来，拔出青铜剑就向帐篷方向跑去。善射的王军和步兵们也尾随臣已，穿过杨花林。

臣已捅死了一个死士后，左脚点地，像一股白色的疾风，他手腕轻轻一抖，便挑破帐篷，整个人飞了进去，剑尖直指虞勃！

武丁未受伤，雁宫怀倒在了血泊中。他为武丁挡了一剑。雁宫怀面色苍白，他迷离地低唤：武丁、武丁……他以为自己快要死了，能为自己心爱的人死也是一件幸福而欣慰的事情。只是武丁有些难以理解，这臣奴为何不喊我大王？

虞勃方寸已乱，他挡了一剑后便跳出帐外。臣已也飞了出去。

青苔地上横七竖八地躺着四十名死士的尸体。他们都被王

军用弓弩射死了。

五百名王军把这一白一黑的两人围了起来。

虞勃右手持剑，把剑压下，左手做了一个干净率性的起手式。他明知必死，便豁出命一决牝牡。臣已屏住呼吸，像使刀一样双手握剑，剑向上举，两腿叉开。

对峙。

典雅悠长的春雨绵绵不断，细细碎碎的雨滴如珠玉般在青铜剑身上绽放，发出清脆的铮铮之音。如墨夜色的笼罩下，青铜剑泛出慑人的寒光。

片片杨花飘来。

一片花瓣粘在虞勃黑色面罩上。

霎那间臣已挥剑斩断濛濛雨帘向虞勃劈来。水珠顿时炸开，四处飞溅。这一剑之快，惊人魂魄。

虞勃扬手挡住后顺势撩去。

臣已使剑仍旧霸道张扬，劈砍兼备，杀气腾腾；而虞勃的剑法无招无式，只求在最短的时辰里刺杀对方。两人棋逢对手，厮杀正酣。武丁只看见黑白双影在那里旋转跳跃。

杨花轻盈落地。

虞勃将全身的力气集中在剑尖，猝然刺来，臣已躲过，腾空踢腿，踹在虞勃胸口，把他踢出数丈远，死士的剑也落在地上。

武丁喝令：留活口！

臣已举剑直指虞勃的咽喉，然后得意地挑去了他的面罩。这时臣已发现，原来此人正是太宰康常府里的门客，一个月前

自己曾见过他。

虞勃的头向前一探，剑尖刺破咽喉，倒地而亡。他用一死妄图保守秘密。

雁宫怀被军士抱上了车，他的创口被臣已包扎好了，没有性命之碍。他痴痴地看着身边的武丁，满足的笑容里饱含着甜蜜的汁液。

臣已对武丁耳语：大王……

翌日清晨，前往盘庚殿朝见的尹士和诸侯皆被眼前骇人的场景震住了。每级台阶上都摆放着一名死士的尸体，整整列满了四十一级。尹士们噤若寒蝉，不知所措。

武丁愤然大怒。

康常！你可识得他们？

太宰发现事迹败露，万念俱空。

胆敢派遣府中门客刺杀本王！来人，将他拖出去斩首示众。

深受父义、母慈、子孝、兄友、弟恭五德熏陶的康阳连忙跪下来求饶。

大王，此事与家父无关。这些贼人全是我豢养。

蓉琳氏也拉着武甲赶来，跪在殿下，涕泪涟涟，请求武丁的宽恕。

卿士甘盘深知康阳是为父抵罪，刚想为这个年轻有为的尹士开脱，保其性命，武丁却下令殿外王军缚住康阳。

此人纵容门客，刺杀本王，其罪当诛！立即斩首！

武丁的脸上显现出前所未有的凶狠残虐。

康常见其子为他而死，老泪纵横。

你身居太宰，位列六卿之首，治家不严，险铸大错，谈何治国！现削去官职，操收家产，全家人贬谪到离王都两千五百里外的荒服之地为奴！

蓉琳氏大声恸哭，武甲磕头求情。

大王，请……请留下我妻……

武丁一直对这个大嫂有好感，遂放了她。

蓉琳氏已入长兄家中，不算康常家人，免去贬谪之罪。

白发苍苍皱纹丛生的康常丧魂落魄地徘徊在殷都处的一条偏僻小道上。他不知道该如何面对全家六百多人。他目光呆滞地念叨着：不成王，便成寇。

路旁蹿出了二十多名黑衣人，刺死了康常。武丁不放心老奸巨滑的康常，索性派人杀了他，免留后患。

当夜，内城中太宰豪宅里火光攒动，哭声一片，混乱不堪。康常之妻目夷氏含泪自缢，她的儿女们也都失去怙恃，沦落天涯。几代豪门，奢华世家顷刻间烟消云散。

武丁还有一位心腹大患：姐姐韶柔公主。他苦思除去之计。

武丁五年殷历九月十七日，内城正逢集会。车马行人络绎

不绝，熙熙攘攘。那些身着绮罗之服，貌美如花的显赫权贵家中的美眷们争奇斗艳。

雕梁画栋的苑春酒楼上，公子寒隽正和一位不知从何而来的贩玉者讨价还价。

贩玉者拿的是一朵用稀世素玉雕琢而成的莲花，温润剔透，细腻洁白，寒隽看见就不能把它从眼睛里拔出来了。

这样。我用三块青玉外加五串铜钱换它如何？

不行。贩玉者收起莲花。

我要十串铜钱。

十串…………我没这么多钱呀…………六串吧！

十串。一串都不能少。

我没这么多…………

那公子我就告辞了。贩玉者转身欲走。

哎哎，别急着走…………商量商量……六串加……

这样吧，公子，我只要你五串铜钱，你把腰间系的那块玉给我就行了。

那可不行。回去韶柔还不骂死我。

桂子状的玉缀是寒隽府中的标志，四百多人人手一块，见此物便知是驸马府的人。

不行？好，公子，我看你和这莲花白玉也没缘分了。告辞。

寒隽赶紧拽住他的衣襟。

哎，别走嘛！……行！给你！

贩玉者脸上有一丝不易察觉的诡异的笑容。

寝房里，寒隽兴高采烈地赏玩着玉莲花，韶柔公主打扮得美艳娇贵地走了进来，看得出她今天心情极佳。

寒隽收起白玉，讨好似地搂住她的款曼纤腰，鼻子贴在她高绾的云鬓上夸张地嗅着。

韶柔，你真香……

说着便把右手伸向韶柔淡红色的罗衫内。他与韶柔已有数月未行男女之欢，今晚难得韶柔如此高兴。

韶柔公主半推半就，任由寒隽把她抱到牙床上。寒隽急不可耐地解带脱衣，细心的韶柔发现他腰间的玉缀不见了。

你的玉缀呢？

在哪儿？

我……

公主一脚把寒隽踹到床下，无声地哭泣。

韶柔……韶柔……你别哭，我……我把它找回来……

还能找回来吗？等死吧！

韶柔……你别吓唬我……我肯定能找回来……

不出韶柔所料，第二日午时，翟横率领一干王军撞开寒隽府门。

王曰：韶柔公主及其夫君寒隽，居心叵测，派人行刺本王未遂。搜出刺客身上所佩带桂子玉缀以做物证。特令，斩杀全家，以儆效尤！

寒隽立刻吓得瘫在地上，他无助地摇拽着韶柔的腿，语无

伦次。

韶柔……你找大王……跟他说我们没有……找你母亲扬妃……让她跟大王说情……说情……

公主冷笑一声，伫立不动。

我早料到有这么一天！粗鄙俗物不会放过我！

她蹲下来，摸着寒隽清癯苍白的脸，眼睛里闪露出茫然而激情的光芒。

寒隽，其实你是个好人。可惜娶了我。我对不起你。

翟横说：大王令，封锁大门，就地处决！

寒隽急疯了，爬起来要跟一身甲胄的王军拼命。

武丁，我是你姐夫！！

韶柔死后，其母扬妃神经失常，胡言乱语，王族兄弟人人自危。武乙再也不敢到武丁宫里骚扰雁宫怀了。

殷历十一月二十日，彤云密布，寒风刺骨，败叶萧萧。这天下午，武乙正在母亲秋鸿氏的宫里嬉戏玩闹，白袍武丁和一脸蛮横的臣已走了进来。

其实他们两人是来探望秋鸿氏的，而武乙心中胆怯，看见武丁面无表情以为他是找自己兴师问罪，慌忙站起来，遗落的小玉件也顾不得捡，后退撞到了梁柱，脑子一片空白，不知不觉拔出了佩剑。

等到武丁臣已纷纷拔出剑他才清醒过来。武乙赶紧丢掉了剑，双膝跪地痛哭起来。

四弟……不，大王……大王……我……

秋鸿氏跑过来搂住武乙，母子俩抱头痛哭。秋鸿氏仰着一张满是泪水的脸求武丁。

大王，二儿不是故意……故意的……他从来没有害人之心……大王……你饶了他吧……

武丁为自己日益树立起来的威严而得意，他扶起瑟瑟颤抖的秋鸿氏母子。

大母莫忧，我深知武乙为人，我与他乃手足，岂忍断之啊！

十二月二十九日，武丁前去盛清宫问候母戊。由于事务繁忙，他已有半年未见母亲。

美戊穿着一件宽大的丝绸睡袍，一副刚刚睡醒的样子，鬓发缭乱，双目迷离，因酣畅的睡眠变得更加鲜嫩滋润的脸颊上还残留着玉枕的印痕。冬日午后温软而柔腻的光线透过珠帘弥漫进来，使这个香艳旖旎的懒起场景极具慵舒闲适之韵。

母戊。

我儿快坐。身体可好？

一向健康。

我让雁宫怀给你捎去的人参茯苓膏是否用完？

还未用完。多谢母戊。

武丁近乎病态地凝视着在乳白丝绸的笼罩下母戊牙琢玉雕般的身体。她虽然已过三十，但精细的保养使她皓齿明眸，玉面丰盈，身段绰约，宛如少女。几年来武丁心中那阴陋畸形的欲念愈发炽烈，有时在和妇好或兰渚交合时会情不自禁地联想起母戊，一遍遍地在臆想中解去她的睡袍，抚摸她的肌体。

我儿怎么了？母戊打断了他的思绪。

哦……没有。明晚我在锦乐殿举行酒宴，邀请母戊前去。

我儿邀我，当然要去。

那请母戊歇息。孩儿告退。

美戊感觉武丁看她时的眼神有些莫名其妙，凝涩而幽暗。

也许是我儿太累了吧。美戊想。

血　铸

三十日夜，一抹不成形的冻月从黑暗辽阔的天海中浮出。

这次的宴会全然不像武丁归国时那么热闹，王族尹士及其女眷们多少有些拘谨，气氛里蕴含着微妙而敏感的紧张。想来也是，刚经历过声势浩大的伐异杀戮，有谁不心惊胆寒？

酒过三巡后，母戊自觉身体不适便离案回宫了。没多久醉醺醺的武丁起身入厕。

下定决心的兰渚端着铜爵袅娜地走到国相傅说的案前，傅说赶紧站起。

周围人来人往，相互敬酒。武丁走后，人们的话也多了起来。

国相为大商不辞劳苦，我敬你一爵。

兰渚清澈深窈的丹凤眼里溢满了无穷无尽的话语。自从傅说逃离青铜作坊，兰渚一直思念着他；被武丁接到王宫她还偷偷藏着用粘土捏制的傅说头像。由于傅说公事繁重再加上有意回避，今天是两人别离几年后第一次相见。

兰渚有意试探他：不知国相家眷可好？

回娘娘的话，傅说未有家眷。

　　傅说是个在生活方面极为自制自律的男人，虽官居国相，但一直不娶家眷，清心寡欲，半年仅让侍女侍寝两次。

　　如国相有闲暇时间，请到我宫中小坐。兰渚的两靥蒸出红云。

　　傅说望着兰渚那张精致而迷醉的脸有种隔世的感觉。无数个逃亡的夜里，他何尝不在梦里爱抚兰渚千百次，何尝不默默乞求上苍让他有生之年再见兰渚一面？可真正重逢时，她已然成为武丁的兰妃了。傅说压抑着自己的情感，试图忘记这个他生命中最重要的女人，忘记那段缠绵缱绻的时光。

　　多谢娘娘恩典。后宫清静，不便打扰。

　　傅说不想让这个尴尬的局面延续下去，回敬一杯后就告辞出殿了。

　　留下兰渚孤凄黯然地站在人流中。

　　武丁出完恭回后，有些醉态地在后宫四通八达的走廊里游荡。不知不觉摸到了母戊的盛清宫中。

　　母戊梳洗完搽抹香脂，正要宽衣就寝，看见武丁酒酣意浓地走了进来，便遣散妾奴，上前扶住了他。

　　我儿日后，切勿贪酒。贪酒会误事的。来，到床上躺一会，我给你调一盏醒酒汤。

　　武丁嗅到重重帐幔笼罩之下的鸾床传来了只有母戊独有的

撩魂摄魄的曼陀罗香。

我儿张开嘴，我喂你把酸杏乌梅汤喝完。

母戊细嫩的手指捏着玉匙调好汤水，盈盈含笑地来到床前。

我儿……

武丁醉眼朦胧地看见这么一位肌肤美妙，鬓发光泽的女人抚摸着他的额头，情难自控便拉住母戊的手把她搂在怀里。

醒酒汤泼了一床。

母戊急切地想挣脱出来，可被武丁两只有力的大手紧紧箍住。

武丁腾出一只手粗鲁地解开她的裙带。

我儿……你……要干什么……

热泪盈眶的母戊屈辱地小声说。她不敢喊，她怕臣妾们冲进来看见，传出去对武丁的名誉不好。

武丁亢奋地褪去母戊的绸衫，于是他日夜向往的细嫩柔滑的胴体浮出水面。

母戊在武丁疯狂蹂躏她的时候脑海中飞速闪过当年她把贞操交给小乙时的情形。小乙是个多么体贴敦厚的大王呀！他是母戊敬重和崇拜的人，病逝后母戊无时无刻不怀念着他。母戊以为小乙会是唯一一个享有她身体的男人，没想到……

造孽啊。

母戊悄然落泪。

乌云掩着缺月，在殷都的夜空。

丑时鼓漏响起，武丁醒来，腮边凝着清泪的母戊睡在他的身旁，床前投进来一片冷幽而寥落的树影。脸上泛着淫邪笑意的武丁分开母戊的双腿，发现那个神秘的女阴濡湿而鲜丽，如同含苞欲放的花蕾，稀疏散布的毛发深处散发出木红果般腥酸的气味。武丁知道其实自己是清醒的。

天色薄淡，殿内残灯欲灭。容颜憔悴的母戊枯坐在梳妆镜前。铜镜中映出窗外萧瑟颓败的景色。已有百年历史、枝横叶溢的大榕树下，三三两两的臣奴在清扫路面。

武丁倦眼惺忪地从床上爬起。

母戊强忍住悲怨。

我儿……醒了？快些回宫洗漱，早早上朝去吧。

孩儿告退。

母戊涕泪滂沱。

走在回宫的路上，武丁还不停地回味母戊那柔若无骨的身体。

两个月后，让母戊心忧的现象出现了。她经常干呕、吐酸水，腹部也有些细微的隆起。母戊焦急万分，她想在御医不知晓的情况下把胎儿打掉。

　　肮脏而狭小的外城医馆里，衰老枯瘦的女巫医打量着一身布衣打扮却难掩高雅的母戊。

　　怀胎多久了？

　　两……两个月。

　　不长嘛。你是想打胎？

　　嗯。

　　唉。别的女子保胎都保不住。你倒好……来，拿好。草药煎服，朝夕两次。连续一月，保你掉胎。

　　一个月来，虚弱的母戊只是小便出血，而腹部仍旧鼓胀，不得不穿一些宽大的绸袍遮住。这到底是怎么了？母戊流着眼泪问自己。不是说吃药可以掉胎吗？她陷入了迷惘和哀怨之中。难道上天真的要我生下腹里的孽种吗？

　　四月的一天，迫于无奈的母戊在宫里装做跌倒，妄图摔掉胎儿。没想到这一跌惊动了御医。御医给母戊的右脚踝包好消瘀止肿的膏药后说：

　　太后，小官看您身体虚弱，面无血色，莫不是患上什么病了吧。请太后伸出右手，我来给您掐脉看看。

　　用锦被盖住肚子的母戊只好绝望地伸出手。

　　当夜，太后突然怀孕的消息传遍了后宫，传到了武丁的耳朵里，一时间朝中哗然。甘盘、傅说等人赶到武丁寝宫。

大王，国母一事……可曾听闻？

听说了。

那大王作何想法？

甘卿士，我想听听你的意见。

国母为人一向渊雅稳重，先王辞世五年后突然怀孕，此事委实蹊跷。不知可是梦中受孕？

何为梦中受孕？

国史上记载，大商开国之王汤其母莘沃梦与天神交合，醒后怀胎三年，始生成汤。我想此情况可供大王参考。

如何参考？

若国母梦中受孕，产期定然超过一年；若国母……与人私通，则十月怀胎产子。大王需静心等候国母生产，方能断定国母是否贞静。

武丁和母戊一样，在无穷无尽的流言和压力下煎熬着。母戊整日以泪洗面，而武丁学会了酗酒，在混沌麻木中等待可以预知的结果。

入秋了，母戊即将临盆。

一日武丁在寝宫醉倒，雁宫怀急忙跑过去搂住了他，心疼地给武丁擦去嘴角边的秽物。

大王，您喝醉了。我扶您到床上歇息。

没醉……我没醉……你别管我……

大王。这几个月您瘦多了，是不是遇到什么烦心的事……

是因为太后吗?

武丁憋在心里太久的秘密一倾而出。

我……母戊肚里的孩子……是我的……当初真不该那么冲动……怎么办……伐异刚刚成功……王位好不容易稳固……我……前功尽弃……

这秘密犹如惊天霹雳震得雁宫怀呆坐在那里,一时没有缓过神来。

雁宫怀拥着烂醉的武丁坐在地上,一夜未眠。终于做出一个决定:他要为武丁承担罪名。

第二天,殷历九月十八。武丁醒后,发现躺在雁宫怀的身上,猛然想起昨夜酒醉时说的那些模糊而凌乱的话语便追问他。

我……我昨夜有没有说一些醉话?

大王说的是……太后一事。雁宫怀如实回答。

武丁的眼睛里充满了凛威的杀气。

雁宫怀跪下,向他表明心迹。

大王,我愿为您担此罪名。明日在大殿上,我供认诱奸太后一事。只求大王留给小人一条全尸。

皓月当空,桂花送来缕缕沁人心脾的芳香。

秋夜谧美清幽。

雁宫怀最后一次为武丁涂抹权池药膏。

大王脸颊的刀疤已好。以后冬天时常涂抹即可。权池花瓣用完时，让……让新来的臣奴再种些。我留有花种。

嗯。

请大王明日赐我缢死，以保全尸。

知道。

大王，我……雁宫怀欲语还休。

雁宫怀，我会记住你为我做的一切。

侍侯完武丁入寝，雁宫怀怅若失魂地回到自己的小屋，再次穿上曳地红衣。他从铜镜里看见那张温润精致如美玉的脸颊，禁不住泪洒衣襟。明日之后这副冰清娇柔纤尘不染的身体就要埋入土中了。

上天把我生得如此美逸究竟是为何？但愿他真的会记住我……永远。

悲痴的他对影独怜，整整一夜。

殷历九月二十日雁宫怀毅然决然地跪在盘庚殿下。

大王，我罪孽深重，是我诱奸了国母。

尹士小声嘀咕，表示了对这句话怀疑：这臣奴怎么可能……

狗奴，竟敢秽辱我母！不施极刑难泄我心头之恨！甘卿士，当用何刑？

雁宫怀面色煞白，抬头仰望武丁。武丁逃避他膏润而惊恐的目光。

大王，法度规定，极刑为……火刑。

就用火刑！今日暮时行刑，命百僚庶尹及嫔妃臣妾前去目睹，以警淫人！

雁宫怀形容凄怆，心如死灰。

双手被绑的雁宫怀冷木般地站在盘庚殿外空旷阔大的广场上，从头到脚淋满了松籽油。浊黄的松油顺着他光洁的额头流到很多男女都想亲吻的丰翘的嘴唇，再沿着下颌一滴一滴地淋滴着。

九十九级台阶上的大多数妾奴不时用丝绢擦泪，惠女早已泪眼婆娑。至于得不到美人身的武乙，痛心到几乎昏厥。他们根本不信，没有人信！

白衣王军拿着火把走了过来。

所有人屏住了呼吸。

雁宫怀嫣然一笑百媚生。

此后的八年里，武乙每晚都在回顾美人临死时销魂蚀骨的笑容，他百思不解，笑什么呢？

大火熊熊燃起，雁宫怀疼得在广场上疯跑，如女人分娩时发出的幽婉惨绝的叫声响彻寰宇。

惠女朦胧中看见原先顾长的火影变成一团瘫在地上，最后火灭，点点灰烬被秋风吹散。

商魇

公元前一二二二年深秋的那个红霞满天的傍晚，由武丁造就的一场大火烧毁的不仅仅是一位华美绝伦，世间无二的臣奴，更是天地间永不再生的绮丽而悲情的奇迹。

殷历十月初二，母戊艰难地产出一女，武丁带领百名王军冲进盛清宫。虚弱不堪的母戊像要死一样躺在床上，接生婆噙着泪水给她擦去脸上的汗珠。

太后……

接生婆，孽种出世了吗？

回大王，是女婴。

武丁抱过女婴，看见她还在恬静地呼吸。

淫人之后，岂能留它！

无辜的婴儿被武丁狠狠摔死。当幼小的脑袋里迸出血浆时，见惯了杀戮场面的王军们都感到心有余悸。

传令下去，将母戊打入冷宫！再传，后宫臣奴一律阉割，免生祸端！

当夜，母戊不堪屈辱，饮恨自缢。

次日晚上，母戊托梦给武丁。

美戊穿着牙白长裙，神色憔悴而哀怨。

我儿，你总是辜负那些真正对你好的人。你是大商王，今后还有很长一段荆棘丛生的路让你走。记住，不要相信人们的表情。往往表面上对你好的人，未必是真情实意的，……

纯良的母戊死后还想着帮助败德的儿子坐稳王位。她的话如同谶语，点醒了梦中的武丁。

表面上对我好……哪些人？妇好？不会。傅说？兰渚？大哥？大嫂？

武丁猛然忆起杨花林遇刺的一事。

只有臣已和长嫂蓉琳氏知道我的行踪，而刺客就是蓉琳氏之父康常豢养的门客。莫非，是她告的密？那大哥……我要不重回殷都，他就是大商王了，想必他对我怀恨在心，伺机报复吧！

武丁又联想到母戊生前每与她谈及大哥大嫂她的脸上总有不自然的欲说还休的神色。

难怪……武甲、蓉琳氏，你们……

武丁心里憋出一股恶气。

武丁要给母戊隆重殡葬。第二天他向朝中官员下达了一个命令：国母美戊遭人诱奸，委实冤屈，今含泪自尽，我当尽孝道，厚葬国母。在殷都之北的王陵墓地上为母戊踏出一块吉穴，同时铸造一个殷商最大的青铜鼎，以表悼念，曰：司母戊大方鼎。

从各分封地搜罗来的千余名铸鼎巧匠，万里迢迢赶到殷都的王陵墓地以东，安营扎寨，日夜铸炼。因武丁要求方鼎巨大，所以需万担炭，八十九口熔铜坩锅，而且要把设计好的泥鼎的两耳、四足、鼎身分解下来，烧成陶范，铸成部件，最后将所有部件合拢铸成一个整体方鼎。这一过程分工细密，难度太大，所以数月来没有成鼎，残鼎或歪鼎倒铸了不少。母戊的尸体内装有"缯归"丸药，以致肉身不腐，完好如初。

焦急的武丁质问监官敬轸。

不是说二十日便成吗？这一个月都过去了，为何还不上交？

回大王，鼎耳、足、身合拢铸炼实在太难，不易粘合。除非……

除非什么？

用血。灵性之血浇在合拢后尚处于熔融状态的方鼎上，血增粘性，除秽气，驱煞鬼……

那应用何物之血？

这个……这个小人不敢说。

武丁气急败坏：国母迟迟未葬，只等鼎成，如此紧要关头你有何不敢？

敬轸跪地求饶。

臣百般询问，牛羊之血，膻腥气味过重，不可沾染方鼎这样圣洁庄严之物。只能……只能用人血。

国相傅说正要怒斥，被武丁阻挡了。

人血……用人血真的能使鼎成？

大王，人为万物灵长，精气凝炼，浑然天成。臣以项上头颅保证，如不成，请大王取我性命，诛我全家。

既如此，就用人血吧。武丁拍了拍傅说的肩膀。

有劳国相协助监管，从奴隶队伍里抽杀一批，取得鲜血。

傅说愤怒难平。

难道大王忘了当年？

这句话戳到了武丁试图忘却的痛处。他知道傅说提醒他别忘了当初在青铜作坊为奴时，宋笃春拉他当祭品的事情，他知道傅说在替奴隶们打抱不平。可他厌恶那些蓬头垢面、衣衫褴褛的奴隶，厌恶别人跟他提起晦暗屈辱的过去。

武丁慢慢地转过身来，面孔森冷。

当年……你记住，我有精良的王族血统，我是大商之王！

四日后，两千三百六十八名奴隶被军队带到荒塬。这里临近洹水，背对景山，离铸鼎现场很近。

旷邈萧索的荒塬上密密麻麻地扎满了大木桩，一共两千三百六十八根，正是奴隶人数。商军集体出动，一个时辰后把奴隶们全部倒吊在木桩上。这些奴隶目光浑浊恍惚，他们像柔弱的绵羊一样，只能等死。

一百八十名手执利刃的军士深入到桩林中。他们割断奴隶的脚脉、手脉和喉管，于是滚烫的鲜血源源不断地泻进事先放在每根木桩脚下的铜盆里。

奴隶们发出痛苦而微弱的呻吟，直至血尽人亡！

整个荒塬回荡着两千多人的血一起溅到铜盆发出的宏大整齐的恐怖之音！

不停有军士跑过来，端着满满一盆的血倒进煮水用的铜鬲里，再由一批士兵把五百多口鲜血外溢的铜鬲搬到牛车上，运往铸鼎现场。

铸鼎现场同样热火朝天，腥气逼人。已经到了最后的部件合拢铸炼阶段。一鬲鬲冷却的人血从上方倾泻在熔融状的稀软的大方鼎上，蒸腾出白中带红的雾气，袅袅凝结，挥之不去。

一鬲一鬲鲜血浇了下来……

用光了两千三百六十八名奴隶的鲜血……

鲜血缓缓流淌，汇入洹水，把整条河都染红了……

监督官敬轸喜极而泣：大王……鼎成了！！

一座造型奇伟雄威，花纹瑰丽繁缛的司母戊大方鼎悲壮地立在那里。

母戊的棺椁已移入华丽的墓室，封顶后杀掉几百名奴隶陪葬。在填平墓道前，把一个嘴里塞着丝巾，手脚捆好，赤身裸体的奴隶放到盛着水的司母戊大方鼎内，鼎下生火，不到半个时辰人肉的香味弥漫空中。王军将丰美的人肉汤泼洒在墓道周围，然后把鼎连同煮得皮肉糜烂的奴隶埋在墓里。此举意为供奉地下鬼魅，求其勿食母戊的肉身。

武丁下令在墓口上封土筑台，在台上修建了一座供母戊灵魂起居的寝宫，差三十名姜奴守在那里，每日随日篦鼓漏打扫宫殿，理洗母戊生前的衣服。

四年来，武丁王在傅说、甘盘的协助下整顿朝政，发展经

济，使国力逐渐强大。

　　武丁二十四岁时，兰渚顺利产下一子，名祖庚。也正是这一年，远在西北的沚伯寄书告急：土方和马方两个游牧部落联合夹攻沚地。

　　其余各个方国也都跃跃欲试，时常挑衅。

　　一时间烽烟四起。

六　合

公元前一二一八年殷历四月二十五日，武丁等人在清明殿密议征伐之事。

地理官齐旷把一张象皮绘制的巨幅商朝版图平铺在地上，用毛笔勾出了要攻打的各方国的位置。

武丁看后，问身边掌管军事的大司马庄徒。

庄司马，国都驻军多少？

二十万。

那各分封地的驻军加在一块多少？

共四十三万七千五百余人。

武丁微笑，问王军总管臣已。

我旗下的近卫王军共计多少？

一万六千九百人。

好！国相傅说听令，命你率十五万大军前往西北攻打土方、马方，营救沚地！

是！

武官震听令，命你率十四万大军剿灭鬼方部落！

是！

王军总管臣已听令，命你率二十万大军攻打桐国，收复失地！

是！

司马庄徒伐湔国，绛犁伐邯国，声狄伐江淮流域的虎国，各率兵两万，明日起程！

是！

甘盘卿士驻守国都，助我处理事务！

殷历五月二十日，臣已的军队经过一番鏖战，攻下九年前失去的献、桓两座城邑，代价是损失了五万将士。由于桐国环山而建险峻异常，再加上天气炎热，前线取水困难，臣已率兵攻打了一个月也没攻下来。消息传到殷都，武丁心焦气躁，一方面是因为其余将军捷报频传，而臣已损兵惨重战事毫无进展；另一方面考虑到桐国是历代先王的心病，自己有生之年不攻克无法向祖宗交待，于是武丁修书一封，声称不日后自己将带领王军御驾亲征。

朝廷上下为武丁王亲征一事忙碌着。甘盘卿士主管军需，他命令手下从兵器库调来前线所需兵器，统一分配；催促殷都内城三百家兵器作坊连夜赶制大量的青铜箭镞；从殷都四方的七百五十三座城邑及臣服大商的十八个小国征集粮草、酒肉。粮草和黍酒聚齐后装上军车，陆续运往前方战场，而征集来的牛、羊、猪等畜类除留下一小部分跟随押送粮草的军车队伍外，其余的则宰杀，做成腌肉，送往前线。

武丁每日在清明殿与尹士们查看桐国地形图，确定行军路

线及攻打策略。同时他下诏要求各位朝廷重臣和地方官员推荐威猛善战的心腹大将加入到亲征军的队伍中来。

由刊发推荐的单瑕担任亲征军的都统。拥有六万之众的亲征军，都是精挑细选出来的勇毅之士，统一的白色服装，皮革铠甲质朴精简。他们身佩弓箭，手握长戈，行动快速，以一当十。武丁站在古拙苍凉的点兵台上远远望去，只见长风浩荡，旌旗翻展，长戈似林，军阵如山。

鼓手擂起战鼓，鼓声雄壮激越，振奋人心。

由三匹战马拉着的兵车数以千计，它们呼啸奔驰，往来交错。御车手的嘶吼声弥漫在飞扬的尘土中。

武丁下令：三日后启程，踏平桐国！

妇好寝宫的重重帷帘之外，有一轮清朗丰盈的月亮倒在宫院中央的池塘中，波光漾银，美如仙境。

宫女柔婉的声音响起。

王后娘娘，甘盘大人求见。

正准备宽衣就寝的妇好整理好了妆束。

请。

甘盘拱手问安后，两人跪于竹席上。

自大王登基以来，四海升平，诸侯安定，此次大王御驾亲征，收复失地，上可扬大商之威，下可抚百姓之心。有此贤明君王，实为我大商子民之福。

妇好微笑着说，全赖甘卿士等良臣策士尽心尽力，辅佐大王。甘卿士深夜来访有何要事？

王后明察！此次大王亲征，调动军队数量巨大，所需物资众多，目前凭借国库储备尚可供给。然而大王凯旋归来，必有封赏，到时恐怕……

甘卿士，目前一切以战乱事为重。你留守后方，助我整顿殷都治安。大战期间，王宫仅留东典门和供嫔妃出入的执门，西泽门和端门皆关闭，殷都外城驻重兵把守，城门寅时开放，戌时关闭，进出人员要有详细准确的记录。在内城中广布眼线，洞悉各种异常迹象，朝臣亦然。至于物资供给，大王日前正为战事操劳，先不要去打扰他，等大王启程之后你我再商议。如何？

遵王后之意。

殷历七月五日，四处巡查的臣已听见桓城军营里传来了阵阵女人的叫声。他走了过去，发现数十座帐篷外排列着不少士兵，好像在焦急地等待着什么。臣已撩开身旁帐篷的帘布，看见五对赤裸的男女在行淫秽之事。

臣已转身质问监军队长。

军中为何会有女人？

大将军，其实这些女人都是桐国将士家眷。我军收复献、桓两城，留守在这里的桐国将士全部消灭，只剩下数百名柔弱女子。我想士兵们行役艰苦，不得温暖，索性就收容这些女人作安抚军心之用。献城也分了一部分。

臣已没有在意，只是告诫队长：

小心谨慎，千万不要出什么乱子。

说完便坐上兵车回到大本营：献、桓两城以西的仓地……

谁都没有料到，这些看似柔顺娇弱的女人全是桐国培养的刺探军情的间谍。她们特意留在这里，伺机询问前来发泄的士兵有关粮草及军力分配问题。欲火焚身的大老粗们禁不住她们娴熟的诱惑，几番抚摸之后便把底细和盘托出了。

这天下午逃走了一名女间谍，她回到桐国把十多日搜集来的情报交了上去。

当夜，桐国率兵攻打，首先烧了放置在两城中的粮草。女间谍们纷纷穿上戎衣，搏杀商兵以做内应。第二日晨晖时，献、桓两城再度失守，商兵损失近四万人，狼狈地逃回仓地。

而武丁的亲征军就快要赶来了。

自觉颜面丧尽的臣已拔剑劈杀了收容妇人的监军队长后下了死命令：

遣军三万，哪怕战至一兵一卒，誓要收回两城。

经过五天的云梯攻城，贴身肉搏浴血厮杀，最后只剩两千人的队伍终于将浸透鲜血的大商玄鸟旗帜竖在了献、桓两城残缺的城头。

献城仍旧留有不少桐国女人，她们妄图故伎重施。这回臣已毫不犹豫，命令手下悍将夫宣：

全部杀完！

士兵们一个个把铜戟对准了八十名女人。突然有两女冲了出去，挥剑刺死了三十多位商兵，剑法之精准伶俐，令人叹为观止。其余女子也纷纷拿起兵器反抗。

这两位黑衣女子，一个叫寒凝，一个叫霜华。她们均为桐国贵族之女，自幼便是金兰姐妹，随魏子侯将军习剑八年，因天资聪婕悟性极高，所以技艺精湛。寒凝右手使剑，霜华善左手，两人联手自然威力无穷。大商攻打桐国，她们想为国效力不愿像国中女子只知深藏闺中，于是不顾家人劝阻主动加入到间谍队伍里来。她们约好：一旦遭商军凌辱等到桐国获胜时她们便自杀。两女的胸怀与抱负实为很多男子所不能及。

夫宣领兵镇压，寒凝和霜华不逞一时之强，两人逃出重围。另外七十八名女子被杀死。

献、桓两城之间，有一块庞大壮观的蒲公英地带，方圆三里长满了茁壮的蒲公英，只有一条迂回的小土路隐隐地延伸在白色的湖泊中。夏日黄昏的爽风吹来，蒲白英的白絮漫天飞舞。

身穿青铜甲衣的臣已一个人驾着马车奔驰在这条土路上。远远望去，马车好像挣扎在波涛汹涌的海浪上的一条孤舟。臣已不知道有两名女子埋伏在路旁。

寒凝两人已脱去黑衣换上了白装，便于隐藏。独立的桐国国色为黑，丧服为白，这与大商截然相反。姐妹俩密计要在这里除去剽悍勇猛的臣已，以报家国仇恨。

霜华轻盈跃起，翩若飞鸿，一道白光刺伤臣已裸露在外的左手腕便潜入蒲公英花地中。

臣已跳下车去双手握剑闯入无边无际的花湖里。他暴躁而盲目地搜索，可眼前只是一片耀眼夺目的白色。臣已绑有青铜护腿的双脚践踏之处，蒲公英纷乱倒地，数以亿计的白絮飘了起来。

妹妹寒凝就潜伏在臣已的不远处，她想效法姐姐，来个出其不意，一剑刺去被机警的臣已挡住。臣已面目狰狞，使出蛮劲，一拳把寒凝打得腾空，落在地上，霜华从花湖里现身，左手持剑直指臣已。寒凝勉强站起，两人一左一右准备挟制臣已。

臣已发出低沉愤怒的声音：你们胆敢刺杀我！自寻死路！

霜华不说话，凌空飞过去便与臣已一决生死。

寒凝拭去嘴角的鲜血也飞了过去。

臣已的剑术以凛威沉重，杀气漫溢闻名天下，而这两个娇小玲珑的姐妹剑法轻灵，她们暗藏杀机的撩抡刺挑极具美感，挥剑时长袖翻舞，袖如白雪，盈巧优雅，如同一场剑之舞，袖之蹈。

臣已化解掉霜华绵密如织的七剑后，一剑劈死了寒凝。鲜血染红她的白衣

霜华整个人疯狂起来，她不停地哭叫，迎面向臣已杀来。

寒凝！寒凝！

花絮也被她迅疾的脚风带起。

霜华的剑法因为疯狂而变得紊乱无序，臣已抓住一个破绽，砍掉她的头颅。

两位秀美刚烈的义女以身殉国！

臣已茫然若失地站立在那里。他从来没有见过这样的女人，杀了她们心中倒有些遗憾。

寒凝和霜华倒地之处，蒲公英的白絮被染成红色，鲜红鲜红。

武丁在去往桐国的途中命随行军需官写好竹简，派人骑马火速送回殷都。甘盘看见竹简上所列供给数量巨大，一时间难以想出计策，便找王后妇好商议。

妇好看了一下，将竹简放在一旁。

还差多少？

甘盘面有难色。

如仅靠国库，恐怕已不能完全供应。还有因近日战事频繁，各地流离失所的百姓数量渐多，不好妥善安置。

甘卿士不要焦虑。我暂时令所有王室子弟开销缩减一半，节约的部分一律充入送往前线的物资中。同时开放殷都城南的粮仓，赈济流民，以抚人心。暂时关闭内城所有的酒肆歌馆，如有违反者，必定严惩！

是！

甘盘协调殷都各个部门，克服重重困难，开仓，放粮，使流民得以安定。内、外城密布岗哨，五步一亭，十步一榭，连绵如线，宏伟壮阔；派兵日夜坚守，高度戒备，以防止居心叵测分子趁势谋乱。

夜色降临，清疏而荡漾的钟鼓声从远方飘来，其间夹杂缠绕着数股低徊沉郁的埙音幽咽，在恍惚流动的风中显得空旷而凄切。

朗月高照在古老的城门楼上，一片银白。

四通八达的通衢街道交织着密如蛛网的曲巷，在清润的月光里浮现出它们的风貌。

只有绵亘悠长的岗哨内火把在燃烧，跳动的火焰照映着守关兵士们炯炯有神的眼睛。

殷都沐浴在静寂宁和的气氛中。

殷历七月十五日，妇好邀请后宫众多嫔妃到青罗殿宴饮。

嫔妃们还是往日的服装打扮，锦缎长裙，镶金嵌玉，娇媚华丽。当她们看到妇好仅穿洁净素朴的布衣，脂粉未施，珠宝未佩时，心里都感到奇怪。

席前的小桌案上都摆放有一尊香酒和一盘鲜果，然而与往日宴席饮时丰盛的食物有天壤之别。

嫔妃们长跪在席上时,妇好说:

大王御驾亲征攻打桐国,胜利在望。此关键时刻,前方需要大量的物资补充供给,一方面为了抚恤死伤的军士,另一方面也为了奖赏有功之臣。大王启程时,已带走大批的物资,如今大王又命令后方迅速供给,可是国库储备已尽。众姐妹以为如何?

嫔妃们交头接耳,窃窃私语。

妇好咳嗽一声。

全场静了下来。

众姐妹以为如何?

兰渚羞涩而又坚决地站了起来,小声地说了一句:

依王后所言便是。

说完兰渚不安地抬头看了一眼妇好,发现她正对着自己微笑,兰渚下意识地低下了头,瞬间白嫩的脸颊上涌出了娇艳的红潮。

晋华妃是刚被选入宫中的妃子,梨额饱满,风姿娟媚,性情憨直,言语爽脆。她利落地站起身来。

不如再从殷都四方的百余座城邑里抽调些物资?

妇好摇头:不可。各座城邑物资均不富足,难以调用,况且调用、检查、押送耗用时日,怕延误了战事。

繁仪妃说,不如提前征收百姓明年的赋税?

如今战事当前,民心不稳,又突增赋税,若引起激变,恐怕难以收拾残局。

众姐妹,大王平日待我等不薄,俸禄丰厚,锦衣玉食,我等亲信亦大多数封官进爵。如今前方将士为了收复失地而奋不顾身,流血受伤。王室子弟的开销都已缩减了一半,而我们现在所能做的仅是暂停俸禄。我想从即日起,后宫嫔妃一律停俸。至于日常饮食,后宫还尚可维持。

依王后所言便是。众嫔妃开口应答。

三日后。妇好寝宫。

妇好问前来汇报物资筹备情况的甘盘:

甘卿士，可曾听闻昨日殷都内城纳妾之事？

禀王后，我差人去查过，此人名孟林，是沚地权贵孟平卿长子，于去年从沚地上调至殷都，现在缉捕司谋事，享受子爵待遇。昨日将内城歌馆里的舞姬纳入家中为妾，大宴宾客。

噢，他的父亲孟平卿倒是与家父交情深厚。昨日场面如何？

城中贵族大多赶去赴宴，甚是热闹。

甘卿士认为如何？

此时纳妾似乎不妥。本是一桩美事，可惜选错了时辰。

当如何处置？

一般来说，停俸禄半年。

若不严惩，风气渐长，后患无穷。传令下去，将孟林贬为平民，家产没收！

遵命。

甘盘走后，妇好对着宫内的白帐喃喃低语：

孟林，你我两家世交，本应该轻办，可如今是非常时期，为了大商，别怪我心狠。

殷历七月二十日，武丁带领六万名殷都驻军亲临攻打桐国。

此国环桐山建成，地形危峻，易守难攻，一夫当关万夫莫开。商朝大军到来时，桐国已收起吊桥，从城头向下射火箭，掷巨石。独臂老将军周简身先士卒，英勇指挥战斗，致使商军

117

连续十二天都无法攻入。

武丁查看完地图下令：军队改从侧面爬山攻打，一鼓作气，不准后撤。特设督战队沿山脚布防，如有商兵畏死下山，格杀勿论！

抱着殊死一搏信念的士兵三天攻陷桐国，在高耸雄踞的城楼上扎下大商旗帜，打开正门迎接商军入城。桐国大将周简战死，其副将魏子侯率残兵两千四百多人逃出桐山。桐国国王及王族子嗣、贵族皆被杀死，武丁已下令众兵士屠杀桐国二十七万百姓，一个不留！

浩大磅礴的大商军队涌进城去。臣已为先锋统领，先入城屠戮；而武丁被一干士兵保护，也随后进了城。

武丁兴奋地跳下车，挥舞着利剑向前冲去，周围跟着从殷都带来的王军。

与桐国败兵厮杀正酣时，武丁身后有一人拈弓搭箭，箭头指向武丁。

谁知一个倒霉的王军蹿过来替武丁吃了这一箭，他扑在武丁的背上死去。武丁心想是谁想趁乱暗杀我？身后没有桐国兵士只有大商的人。武丁注意到这支射死王军的箭的翎有六对，而一般的箭翎是七对，奇怪。

臣已红着眼睛砍杀逃亡的桐国百姓时，看见前面一辆疾驰的敞蓬大马车上滚下来一团硕大的黑物,跑到跟前才看清楚原来是个身穿考究黑衣的膀大腰圆的胖子。这胖子便是独臂将军周简唯一的儿子:周费。

臣已举剑欲砍,周费痛哭流涕地求饶。

大将军……求求您别杀我……我是周简的儿子……我可以当人质……别杀我……

周费不顾廉耻的话倒提醒了臣已,可以拿胖子来引诱副将魏子侯出现。臣已抹了抹脸上的血,对旁边的士兵说:

把他带给大王! 其余贵族家小一律戮灭!

攻陷桐国的当晚武丁巡视军营,慰劳将士。他走进都统单瑕的营中。

单将军连月来攻城略地劳苦功高,我特送来熟牛肉和陈年酒酿,聊表谢意。

单瑕拱手谢恩:多谢大王体恤。

武丁无意间瞥见顶梁上悬挂弓箭一副,白色箭壶有三支箭只有六对翎! 一切不用解释了,那致命的一箭是单瑕放的!

武丁不动声色地笑了笑。

明日我要回殷都了,请单将军与我同回。

是。

出营后武丁叮嘱他的心腹翟横:

从现在开始你派人跟踪单瑕,看他与何人往来。

第二日武丁率领军队回殷都,带上了大胖子周费。武丁沿途散布消息：周费将军之子已被大商擒获，如一个月内魏子侯不带兵前去殷都营救，周费必遭凌迟。

奢靡堂皇的殷都王宫青罗殿内，钟磬箫埙之乐大作。缛丽的绣花地毯铺满了地面。地毯的一头，换上商朝白服的周费正享用着佳肴美馔。

武丁嘲弄着问他：

公子，我这王宫可好？

漂亮！漂亮！周费赶紧吐出嘴里的肉骨。

那就让你住这里怎么样？

好！好！

不想回桐国了？

不想！这里多好，哈哈……

武丁也笑了起来，他拍着胖子肥嘟嘟的脸。

那公子尽情享受吧！

一名武丁亲挑出来的妖娆宫女穿着薄如蝉翼的纱裙款款地走了出来。周费看见这位美艳风骚的女子，立刻涎液欲滴。

宫廷乐手见状，马上奏起了叔乔专为王公贵族们调情助兴而谱写的靡靡之音。其音惑耳，其词乱人心志。

宫女搔首弄姿，眼波流转，绕着周费哼唱起淫荡的《由房》。

暮已悄至
佳人庭来

缟衣帛巾

聊乐我员

君子阳阳

心骚意漾

招我由房

其乐只且

君子惶惶

佳人在旁

君子慌慌

解我衣裳

中春微雨

盛夏风狂

君子力加

升我尘上

　　饱暖后的胖子淫心大起，他扯过婀娜的歌女，除去她的衣裙。胖子脑门上全是油汗。

　　美人……美人……

　　乐师纷纷出殿回避。

　　翟横报告武丁，单瑕回都后与小丙之子邗发往来频繁。原来小丙病逝后，邗发一直心有不甘，寻找机会想除去武丁。此次攻打桐国，邗发便与手下单瑕设计射死武丁。武丁知晓此情后大怒，下令斩杀邗发和单瑕全家。这件事情也引起了武丁的思考：王族兄弟不能留！特别是武甲！一定要除掉他们，永绝后患。

殷历九月三十日，桐国副将魏子侯带着两千多名残兵来到与武丁约好的地方：殷都以东百里外的坏地。

忠心耿耿、丰仪健硕的魏子侯此次前来带有浓厚的视死如归的悲壮意味。曾有手下劝谏：万不能去，一去必遭商军剿灭。而魏子侯为报周简将军知遇之恩，还是到了坏地想救回周费。结果刚到这里就被事先埋伏好的五千王军围住。

王军们把桐国残兵围成密不透风的圆圈。圆圈的最内层，蹲着一千名持戈的步兵，他们被竖在地上的长形立盾护住，只留头部；圆圈的次外层，站满了两千名善射的王军，他们拉弓搭箭，箭头对准了不远处的目标；而圆圈外层，则停有一千辆兵车。善射军士每两人站在一辆车上，由一人拉开强弩，一人放上十支箭，等候王命。从上空俯瞰白色圆圈的三层层次分明，蔚为壮观。圆圈的中心，是方形的黑块，这黑块便是桐国。两千四百八十八名黑衣战士。

武丁一袭白袍，站在车左，手扶木轼得意洋洋地说：

降不降。

坏地死寂。

阳光毒辣，密密麻麻的铜箭头反射着刺眼的光。

远方的枯谷山脉蜿蜒起伏，连绵不断。

烟云在湛蓝高远的天空中凝然不动。

魏子侯拔出长剑：武丁狗贼，桐国将士誓与你为敌！兄弟

们，杀！

黑块向前推进，灰尘扬起，尘土颗粒在锐利而充足的光线里清晰可辨。

不自量力！武丁右手一挥。

三千个拉弦的声音。

做强弓硬弩的木材发出"吱呀"的变形声。

嗡——

铺天盖地的流箭飞了出去，像泛滥的蝗虫在空中颤抖着翅膀！

圆圈内顿时腾起一股股绚烂的血雾！

桐国残兵们被射得穿心透肺，魏子侯将军的头颅上扎满了十五支箭！

下一轮飞箭带着雄壮尖刻的鸣响呼啸而至！

一名已中三箭、声嘶力竭的士兵挥舞着铜剑向前冲去，刚跑几步便被二十多支威力无比的利箭击出数丈远！

坏地上躺满了黑红相间的尸体。武丁命令步兵前去清查，如有未死的，用戈杀之！

青罗殿内，大胖子周费正和几位衣着光鲜的歌女调情，武丁昂首挺胸地走了进来，身后还跟着两个白衣王军。周费连忙爬起身给武丁稽首。

大王……

一名王军从锦袋里掏出魏子侯血肉横糊的首级，扔到周费脚下，周费当时就吓得哭了。

大王……饶命啊……我跟他没关系……他是反贼他该杀……大王……我……

行了行了，周简将军英武一世，怎么生了你这个废物！昨日臣已消灭了桐国全部百姓，从此桐国就不存在了，改名新地！迁献、桓双城二十万子民过去，封你为新地诸侯！滚回去吧！

多谢大王！多谢大王！

后来有尹士提醒武丁怕不怕周费造反。武丁淡淡一笑：这样的废物，拨给他一百万大军他都不敢！

战事一切顺利，捷报连传。庄徒已攻下湭国；邯国俯首称臣；虎国不战自降。傅说和汃地驻军联手，用"合围聚歼"的战术大败土方、马方两个游牧部落。至于鬼方，在武官震的指挥布置下，一向以彪悍威猛、无坚不摧著称的鬼方部落遭到重创，主帅雅申苏被射瞎左眼，被迫带军西移。只是听闻震在战役中受了刀伤。这是公元前一二一六年，这一年武丁二十六岁。

梁、雍、豫、荆、冀、兖、青、徐、扬九州诸侯贡奉来一百八十名倾城美女。她们守候在绮丽斑斓的香妍殿，等待武丁王的挑选。

大殿一角是三十位王廷乐师。三名乐师执槌撞击编钟；五名乐师敲打编磬；十名乐师左手摇铜铙，右手执箫管；十名乐

师吹埙，另外两名扬臂击打悬鼓。

美女们随着辉煌而清澈的青铜乐曲翩然飞舞。她们跳的是王宫乐司教授的"缤亭"舞，跳起来舞袖翻卷，瑰丽无比。九州好女丰姿绰约，如花般在这里争妍斗丽，馥郁的体香弥漫着整座大殿。

武丁在粉艳繁华的百花丛中挑选了一位，由翟横将她带到了大王寝宫。

她叫高襄女，生于荆州。明山秀水把她养得唇丹齿白，娇丽嫩润，身着锦缎做成的白衣更是将整个人衬托得颀美秀拔，高雅可爱。

在和荆州美女酣畅作乐时，武丁第一次感到黑夜的短暂和男女之事的妙不可言。高襄女的机敏豪放与热情迎合使武丁攀登上了肉欲的巅峰，这种强烈而隽永的体验是从来没有过的。武丁意犹未尽地吻着她：美人，给我跳段舞。

全身赤裸的高襄女站了起来，扭动着细柳般的腰肢给武丁边跳边唱了一曲淫逸的《由房》。

跳完后高襄女向武丁走去，由于没有注意而被玄鸟铜塑绊了一脚，丰腴的大腿上擦出数道血痕。从雪白的肌肤微微渗出来的鲜血唤醒了武丁内心深处陌生而奇怪的欲望。他把高襄女压在身下，用尖细的发簪试探性地划着她的胴体，直到划出血痕。高襄女发出幽弱迷离的呻吟声，看来她很享受。两人融为一体，欲仙欲死，再次卷入那浩瀚的情欲洪水中。

阳光穿透宫城的雉堞把盘庚殿巨大的铜顶映照得熠熠闪

光……

自从那天晚上以后，武丁和高襄女陷入旁人看来简直不可理喻的情爱中。每次行乐，武丁总要用发簪划破高襄女的身体，吻吸点点血液，然后迷狂地顺着她起伏流畅的胴体曲线咬她，留下一连串整齐细密的齿痕。高襄女脸上总是如痴如醉的表情，她习惯于将身体的痛楚转化成浓烈的快感。

高襄女的左肩有块黑痣，它让武丁时常联想到大嫂蓉琳氏，她左眉梢旁也有这么一颗。她真是个深藏不露的歹毒妇人。还有武甲……该除掉这些王族兄弟了。

武丁十一年，殷历十二月十五日。大雪纷飞，天地白茫。下午所有出征将军全部回到殷都，天下已定。而武官震在两个月前刀伤复发，感染恶疾，在回都的途中病逝，不禁令人扼腕唏嘘！

夜雪扑簌簌地下着，寝宫里的灯火幽凄摇曳。

刚享乐完的武丁揉弄着高襄女。

明晚大宴之后，你就要跟着武甲到均地了。我准备把你赐给他，完成一项任务。

武丁受到桐国女间谍一事的启发，特意挑选了包括高襄女在内的十三名美女，名为赐给即将到各分封地当诸侯的十三位王族兄弟作礼物。其实武丁的意图是想在一年之内除掉他们。

办法很简单，让美女暗下"沛和"毒药毒死他们。

高襄女心中无限凄凉。她原以为武丁是爱她的，没想到仅仅把她当成一个可以利用的工具。高襄女的眼泪夺眶而出。

盛 世

　　锦乐殿的庆功晚宴恢宏盛大，规模空前。抛开那些新置的
绮丽而繁琐的青铜雕塑及锦帷装饰不说，单是请来助兴表演的
倡优歌女们就有几百人。到处徘徊着钗光鬓影，到处洋溢着悠
扬美妙的乐音和热闹的笑语。扶娄国幻术者以两个绝活："立
兴云雾"和"画地成川"技惊四座。立在大殿中央的巍崔起伏
的山川和缭绕盘旋的云雾虽是幻术者精心制造出来的幻象，但
足以让人们相信自己正处于飘渺空灵的天上仙界。

　　征战数年、劳苦功高的将军们开怀畅饮，酒令酒辞不绝于
耳。沚伯也带着小女妇良跟随傅说来到了殷都。他来看武丁和
大女，过两天还要领着妇良回去。沚伯已苍老许多，再也不如
十几年前那样健伟了。身旁的大女妇好眉开眼笑地逗着八岁的
小妹。

　　妇良梳着晓鬟，俏丽灵脱，乌亮澄清的眼睛昭示出蓬勃的
好奇心、旺盛的表现欲和缜密的心计。她那身雍容华贵的衣裙
使她显出了令人不可思议的风情与泼辣。妇良的眼睛一直在寻
找，当她确定目标后便摆脱姐姐的怀抱，放慢脚步婀娜多姿地
向乐师走去。妇好笑着想：这个俊妹妹，从小就学会盈步生风

了。都是谁教她的呀？

妇良对乐师说了一句：我要给大王唱一曲《有美》。

优雅舒缓的乐声响起，八岁的妇良一个人在大殿中央旋舞吟歌，周围坐满了朝廷要臣。她毫不怯场，脸上光彩焕发，嗓音像幼莺一样婉转清脆。

> 月出皎兮
> 远在中天
> 皓然大方
> 遍洒殷都
> 有美一人
> 舒窈且纠
> 顾而长兮
> 美目且清

娇小的妇良拧腰扭胯，娴熟老练，旋转踏步，也都形神俱备。这场魅力四射的表演引起人们的击节赞叹，掌声震耳欲聋。尹士祝贤还摇着头说：小丫头真是太厉害了！

妇良小心翼翼地给武丁行礼。

妇良祝大王万寿无疆！

武丁很高兴，把小妇良抱到自己的腿上，给她喂了几颗杏梅，妇良兴奋得满脸红光。

武丁的弟弟武戊走过去向武丁敬酒辞别。武戊现在已经长

成一位二十五岁的儒雅青年，身材丰仪，眉清目秀，有经天纬地之才能。可惜他生在了王族之中。

明日小弟便离开殷都，前去幽地管辖地方。估计要有数年不能与王兄相见。小弟敬王兄一杯！请王兄放心，我定然会将幽地治理得井井有条！

妇良目不转睛地看着眼前这个俊朗潇洒的白衣男子。也许是她从来没有见过如此漂亮的男人。

两个月后，武甲全家带着高襄女来到离殷都万里之遥的均地。这是一片气势恢弘地韵沉雄的地方，位处西域，广袤而贫瘠。均地气候干旱，地形复杂，离廖落的集市二百余里处，有盘庚时期修建的防御外族入侵的工事：土长城，百年历史使它极尽荒芜苍凉。再向外望去，便是戈壁流沙茫茫无涯，沙山绵延，沙丘密布。狂风密集时，均地数月都是天昏地暗，日月无华。不过这里盛产肥美的黄羊和沉郁凄婉的羌笛。

环境的恶劣，饮食的粗陋以及人语的不通让一直娇生惯养的蓉琳氏叫苦连天。她总是抱怨武甲：当初那么好的条件叫你去争取王位你总不放在心上，现在好了吧？被发配到均地这样的穷乡僻壤！蓉琳氏的喋喋不休使武甲非常苦闷和烦躁。

高襄女柔美清甜的民间小调吸引住了喜爱音乐的武甲。武甲从之前的敬如宾客慢慢地接近了这位女子。

你唱的是家乡的民风吗？

打扰王子了。

没关系。你的家乡在什么地方？

荆州。

那你来唱歌，我弹琴替你伴奏。

有劳王子了。

今化是个温婉润湿的临江小城，武乙被封到这里当诸侯。自从雁宫怀死后，武乙痛心疾首，日夜怀念，渐渐地对其他美貌男子失去了兴趣，更不沾女色，开始寄情于毓秀的山水之间，放任自我，空贞氏依然和长历勾搭在一起。被派来毒杀武乙的腾女感到棘手万分，她接近不了武乙无法投毒。因为武乙一到今化的驻所就把她束之别处，视为赐奴。腾女被逼无奈，只好在武家水源里下毒，结果武乙一家三百多口全死了。今化一地大为震动。

半年来，武丁的另外十一个兄弟：武戊、武己、武辛等人均是恶疾而终。这在当时引起天下哗然。纵然局外人再如何猜测，也猜不出这些人都为武丁王所害。

只剩下武甲了。

屋外风沙漫天。屋内缠绵之后的武甲拿着胡杨木梳细心地为高襄女整理纷乱的青丝。

高襄女感动于武甲的细腻、宽厚和入微的体贴。从来没有一个男人对她这么好过。当她把身体上遭武丁蹂躏留下的淤痕掩饰成受王廷乐司的笞打时，武甲亲手给她涂抹疗伤的药汁；当她遭到蓉琳氏的冷嘲热讽时，一向温雅的武甲会站出来替她说话。高襄女深深地爱上了武甲，她不想杀他，可是她知道残诈暴虐的武丁不会放过他的。不如陪他一起死，在黄泉之下还能长相厮守。

　　高襄女眼含热泪：贱妾从小就是歌女，天生命苦，漂泊无根，难得王子对我如此抬爱。今生有幸遇到王子，是我前世做牛为马修来的福分。来世我还要侍候王子，为您解烦除忧。

　　武甲温柔地搂着她。

　　好了好了，怎么今天说起这个来了？如今不是朝夕相对，何必来世？我平生不得志，胸臆无法抒，能有你这个红粉佳人相伴，也就不图什么了。

　　高襄女含笑举起酒觥，这里面撒有"沛和"毒粉。

　　贱妾敬王子一觥。

　　武甲接过去喝了几口，高襄女拿了回来，对着武甲留下的齿印喝完了酒。她悲欣交集，潸然泪下。高襄女解开武甲头上的束带，细腻的双手沿着武甲的脸向下滑落，停在他的肩膀上。她像母亲一样把武甲拥在怀里，慈爱地亲吻他，并给他轻轻地哼着歌。

　　王子，您幼年的时候您的母亲是这样抱着您的吗？……王子快睡吧……我会永远在你身边的……

武丁二十八岁那年入冬时节，十二位完成毒杀任务的歌女回到殷都，被奴隶总管翟横召到紫生殿，用一杯御赐的鸩酒灭了口。武丁听说高襄女与武甲双双殉情的消息后忿忿地骂了一句：贱人！

　　王族兄弟死后，大商空前绝后的盛世开始了。重视农业，发展经济，广泛选拔人才。国力极其强盛，人口狂增至小乙时代的五倍。殷都不停地扩建，真正成了一座绮靡繁华，形胜绚烂之都。每日都有四方诸侯前来进贡，内城的驿馆外车马成群结队。外城东西七百里离宫别殿高耸入云，规模宏大。

　　七年之间，武丁在王宫修建了不少楼阙歌台，风亭月榭。花草树木、鱼虫、鸟兽无所不有；奇珍古玩，飞禽走马无一不缺。

　　公元前一二一零年，武丁春巡东方，至泰山；夏巡南方，至衡山；秋巡西方，至华山；冬巡北方，至恒山，以青、黄、赤、白、黑五色土分封各方诸侯。时年晋华妃诞下桑乐公主。

　　公元前一二零八年，武丁派大将补牧率领驼队沿着涸敝古道自敦煌向西行走，穿过古夏国涉及流沙，与罗布泊地区的楼兰国氏族居民取得联系。次年，繁仪妃产下祖已。从这一年开始，武丁广纳美女为妃，后宫充满了笙歌艳舞，急管繁弦之音昼夜不息。

武丁十九年春，妇好的哥哥沚成寄来家书：父亲病危。妇好立即赶往沚地见了父亲最后一眼。临终沚伯拉着她的手说：你们两个孩子都很懂事。我唯一放心不下的就是你的小妹妇良。你们要多操点心，不要让她犯错……

沚伯溘然长逝后，妇好哭着跟沚成说：哥，我要在殷都给小妹妇良寻找个好婆家。让父亲和母亲泉下含笑。

第二年即公元前一二零六年夏，七月十九日。武丁前去殷都郊外猎区捕猎，一夜未归。当晚发生了月全蚀。内城中的权贵、大夫之家敲击铜镜驱逐天狗，外城里的平民仰天哀嚎长哭，凄恸一片。其余各封地也是如此相救圆月。

王宫的占卜官谷贞在牛胛骨上刻下：乙巳卜、谷贞：月有蚀。天戒。有祸。七月既死魄。

妇　良

公元前一二零六年三月二十四日，西北泹地集市上的宜稷酒楼满座宾客,鼎沸喧嚣。

诸侯泹成和小妹妇良的华盖车队经过集市时，贾酒卖肉的小贩都停止了经营，纷纷翘首观望。行人也驻足在大路的两旁，有幸目睹到了相传中诸侯妹妹的倾城美貌。

此时的妇良已经行过隆重的成人仪式，准备嫁给在殷都内城居住的掌管王廷祭祀的太祝赵邑的三子赵蠡。这门亲事是妇好极力促成的。与姐姐的雍容端庄不同的是，十七岁的妇良体态轻盈，骨肉均匀，整个人显得妖娆冶艳，娟媚而充满了对男性的诱惑。特别是那双狭长狐媚、幽深迷离的眼睛，不知勾去了多少年轻公子的魂魄。比如像宜稷酒楼里的这些。

泹地盐商的公子边吃羊肉边说：妇良这个女人，真是天生尤物。如果能和她共度春宵，第二天杀了我都行。

旁边一位附和：那让你父亲跟他哥哥提亲呀！

嗨，人家未来的夫君是殷都太祝家的儿子，咱那儿高攀得上呀！

唉，哪个男人能得到妇良真是他几世修来的福气！听精通房中术的人说，与面容艳丽、眼睛小巧、肌肤软滑细腻的女子交合，不仅能够痛快淋漓，而且能采阴补阳，使身体强壮，寿命延长。那谁娶了妇良还不活个一两百年的？

只能在臆想中得到妇良的公子们大笑了起来。

东边落座的一位白面少年压抑不住内心的愤怒，拍案而起。

他叫孟晏，是沚地权贵孟平卿的儿子，孟林的弟弟，自幼勤苦好学，博通雅辞，年仅十九就已经成为沚成的幕下之宾了。孟晏暗恋着妇良，本来能言善辩的他在妇良面前口舌拙笨，遮遮掩掩，总是不敢吐露爱慕之意。

其实早熟的妇良一眼就看穿了他的心思，而妇良只是欢喜于自己的无穷魅力可以征服性格、身份不同的男人，对于孟晏，她从来瞧不上他，她只是利用他帮她做事。她从小塑立起来的远大目标不是孟晏这样的人可以帮她实现的。她需要强悍而威严的男人。妇良要远巡殷都的消息传出后，孟晏虽然伤心万分，但还是默默为心中圣洁无瑕的她祈福。

眼前这帮浮浪公子如此嚣张地用淫词秽语玷辱妇良，孟晏当然看不下去。

不许你们这么说她！！

盐商公子们面面相觑，一头雾水。

孟晏快步走了过去。

你们凭什么秽辱妇良？

盐商公子这才明白，他笑了笑。

你和她什么关系呀？不会你也打她主意吧？

周围一阵狂笑。

孟晏的脸涨成了紫红色。一向文弱和善的他情绪激动，掀翻了盐商公子的酒案。

你们这群淫人！

撒酒疯？我一个月都没打人了！

盐商公子挥拳把孟晏打倒在地。孟晏的七名侍从冲了上去和盐商公子等十五人斗殴。酒楼大乱，楼主赶紧叫酒保通知捕快。

在斗殴中，盐商公子被一位侍从扔出窗去，坠楼身亡。其他十几位血气方刚的公子打红了眼，用酒案和铜器砸死了孟晏的两个侍从。孟晏也被踢得全身淤紫，口吐鲜血。

这场血案在沚地引起了很大的轰动，人们都把它当成茶余饭后的谈资。宜稷酒楼也出了名，附近几个分封地的人都知道它了。从此酒楼生意兴隆，日进斗金。可孟晏遭到沚成的训斥：你都快要上调国都了，怎么还能出这样的事？妇良也来看过孟晏一次，说了几句无关痛痒的话。不久，妇良去了殷都。

乙巳卜、谷贞：月有蚀。天戒。有祸。七月既死魄。

第二天，殷历七月二十日。妇良来到殷都王宫的妇好殿中。

139

小妹，什么时候到的呀？妇好搂住了妇良。

今天寅时。哎，好姐姐，大王呢？

你这个没良心的妹妹。我辛辛苦苦把你的婚嫁安排好了。你呢？连个谢字都不说。一来就问大王。妇好假装嗔怒地点了一下小妹的鼻子。

妇良撒起娇来，她摇晃着妇好的胳膊。

谢谢好姐姐！人家想你也想大王嘛！他在哪儿呢？我有八九年没见他了！

大王昨日出去行猎，今天上午应该能回来吧！他回来让他到我宫里来，我们一起用膳。怎么样？

妇良亲了姐姐一口，蹦蹦跳跳地向罗巾帏遮盖住的浴室跑去。

好姐姐，帮我洗个澡！

洗濯后的妇良斜挽云鬓，轻点绛唇，略施粉黛，全身上下焕发出来的妖媚和风骚让阅尽美色的武丁也大为惊艳。这个从前吟唱《有美》的小女孩怎么出落得如此勾人？武丁打猎时捕到一头幼象，他命御厨把它烹成菜肴作为午膳里的野味。

吃饭的时候妇良竭尽全力地卖弄风情，嗲声嗲气地敬武丁酒。在妇好看来，小妹活泼、不懂事，那些亲热的行为完全是天真率性的体现；而在武丁眼里则不同，武丁看得出妇良在以一个成熟妩媚的女人的身份勾引他。武丁宠幸过的女人太多了，这点小伎俩还看不出来吗？

当妇良丰嫩圆翘的臀部坐到武丁的大腿上，一双无瑕玉臂环住他的脖颈时，武丁顿时血脉贲张，欲火攻心，涌出了要和她颠鸾倒凤的渴望。

妇良拈起一颗酸梅，把它塞进了武丁的嘴里。

八年前大王喂过我酸梅，今天我也来喂大王。我还要舞唱一首《王在》，表明小女敬仰大王之情。

妇良跳起了香艳火辣的舞蹈，尽情展示姣好苗条的形体。

王在朝中
威震四方
邦畿千里
维民所止

王在国都
仪倾宇内
九州好女
举颈环视

王在内宫
外城俯首
诸侯称臣
争为后室

王在我前
不敢直观
地方鄙人
望得善置

　　妇良被安排在阳瑟殿临时居住。当晚，她站在硕大无比的木桶里洗浴。她遣走了前来服侍的妾奴，因为潜意识告诉她：武丁王今晚会来。她故意把水撩得哗然作响，这响声足以让男人丧失理智。

　　一直在外徘徊踟蹰的武丁再也忍不住了，他推开虚掩的殿门，飞快地宽衣解带，爬上木桶的阶梯跳进水中。
　　水花喷薄开放！
　　妇良的计谋得逞了。她像头发情的母鹿一样用尖细的牙齿啃咬武丁的胸膛。武丁被她馥烈的野性所征服。

　　在这场癫狂的毫无掩饰的肉体游戏中，妇良显示出了对男女之事的无师自通。她既能够很巧妙地把武丁玩弄于掌股，折腾得他气喘连连，又能在重要关头给予他生理上的欢乐。她会让武丁离不开她。
　　木桶里的水变成了浅浅的粉红色，因为稀释了妇良流出来的阴血。两人在水中纵情行乐，呻吟声在空寂的夜里格外突兀。

那一夜奢华的纵欲结束了大商的鼎盛，换来了衰败的开始。武丁荣治时代从此走向毁灭。

次日腰酸腿软的武丁回到寝宫就让翟横传旨：我要纳妇良为妃。

大王，此事是否……唐突？翟横小心翼翼地说。

武丁回过头来瞪了他一眼，眼神里充满了不容商量的霸气。

是！臣这就去办。

朝中官员听闻此事后都感到纳闷和不解：不是王后已经把她妹妹许配给赵太祝的三子赵蠡了吗？怎么又……

妇良哭哭啼啼地跑到妇好宫中，没等妇好责备她就一头扎进姐姐怀里。

好姐姐……他们那些尹士都说我坏话……姐……你可要帮我……

唉！你说你这个妹妹，人家太祝府里新房都布置了，就等你去……我怎么跟赵公子说呢……不怪那些尹士说你。

妇良泪眼模糊地望着姐姐，话语哽咽。

是大王要我的……而且我也喜欢大王……姐，让我跟你一起侍候大王嘛！

妇好无奈地笑着，帮妇良梳好散开的长发。

好了小妹，已经是这样了，我也不怪你。不过你一定要好好对大王。听到了吗？

知道了，好姐姐！

妇良破啼为笑，搂住了妇好。她心花怒放，姐姐这一关就这么顺利而轻易地攻下了。

此后的一年内武丁与妇良整日耳鬓厮磨，妇良的娇媚和浪荡极大地满足了武丁猎奇的欲望。

武丁二十一年九月，妇良生下了祖甲。

祖甲两岁时，本派到殷都内城机构谋事的孟晏因为成绩卓著，已经调至卿士甘盘的长子甘桓的手下当差。

十月的一天，他陪同甘桓尹士去议事厅向武丁王汇报粮食收成问题，正好撞上了和武丁嬉笑调情的妇良。原来武丁对妇良万分宠爱，批阅官员上奏的竹简时也带着她。

妇良眼中放射出的惊喜而迷人的光芒令孟晏心中激动不已。他以为妇良是因为意外地遇见他才表现出来这样的。其实他想错了，妇良是看见了他身旁的甘桓。

丰眉俊目的甘桓有着像当年武戊一样漂亮的脸孔和魁伟的身材。这两个足以让女人死心塌地的优点同样掳获了妇良的芳心。她自从见到甘桓第一眼便暗下决心，她要得到这个男人。

于是孟晏便成了她用以联络甘桓的工具。

经过几个月锲而不舍的锦书传情，妇良终于把甘桓约到了天江轩。这里朱阁绮窗，绸帐低垂，灯火朦胧而暧昧。

甘尹士好难请啊。我都快要憔悴死了，你现在才来救我。

妇良含情脉脉地拉了拉甘桓的手，甘桓连连摆脱。

甘桓乃普通尹士一名，不值娘娘如此爱护。

你知不知道，每天夜里做梦我都会梦见你。你的眼睛真好看……

娘娘……

嘘，别叫我娘娘。妇良拿手覆住了甘桓的嘴。我喜欢你唤我的名字……

臣不敢。

难道你真的不通晓我的心思吗？

妇良愁怨与期待的目光鲜活而滚烫。她对甘桓是动了真情的。

甘桓，只要你跟我好，我保证让你飞黄腾达。

这一句对于甘桓来说是个极大的诱惑，甘桓开始动摇了。他想：既能得美人心，又能迁高职，何乐而不为呢？

妇良狂野地抱住了正在权衡思量的甘桓。

《殷商谱》里记载的这段著名的奸情是发生在公元前一二零二年三月七日。

相　煎

天色已黑，登上内城酒楼的最高层纵目远眺，可以看见遥遥的王宫里灯火点点，连成一片。

苦闷的孟晏在酒楼喝得酩酊大醉。酒保们都很奇怪：孟大人平常极少饮酒，今天这是怎么了？他们哪里明白孟晏的酸楚。他亲眼目睹了朝思夕慕的心上人欢快地周旋于两个男人之间，一个是大商王，一个是他的上司。孟晏在喝完最后一尊酒的时候终于想明白了：妇良在利用我……一直都是……她从来没有……

醉得已经辨不清方向的孟晏孤独地游荡在萧条而空荡的大路上。迎面飞奔过来一辆华贵的马车把迷迷糊糊的他撞死了。

四月十五日，妇良闲暇无事到姐姐宫里去玩，正好尹士甘燮也在跟妇好说一些国家要闻和民间逸事。

甘燮是甘盘的二子，是一个敦厚而勤奋的年轻人。与哥哥甘桓的浮华高傲不同的是，甘燮稚拙爽直，踏实肯干，深得其父和在朝官员的喜爱，妇好也经常请他入宫向他了解天下大事与民情疾苦。甘燮都是谨逊谦恭，据实回答，并提出自己深思熟虑后的意见。但妇良排斥甘燮，她认为甘燮的存在对于情人甘桓今后的发展是个威胁。因为她听见武丁不只一次地夸赞甘燮有其父甘盘的风范。

甘燮告辞后，妇好拉着妹妹的手坐了下来。

小妹，怎么这段时间也不到我宫里来看看？瞧我这妹妹，真是越长越水灵了！

好姐姐你又笑话我！

妇良玩弄着从甘桓那里夺过来的蟠龙形的玉珮戴，这是甘府的标志。妇良要来当定情信物，甘桓不给也不行，只是警告她千万不要让大王发现了。

妇好显然不识此物，她问妇良。

你一个姑娘家干吗要戴这样的玉珮呀，凶神恶煞的。哎，这好像是甘盘府的标志？

妇良一脸甜蜜，笑而不答。

恰巧武丁今日心血来潮，要到数年未去的妇好宫里看看。刚走到回廊，看见甘燮从妇好宫步出。

甘燮给武丁行礼：大王。

你怎么在王后那里呀？

噢，王后寻问我一些事。

好，你回去吧。

武丁踏进殿门时，正玩得起兴的妇良大惊失色，想把蟠龙形玉珮藏起来，可衣服上没绣口袋。她一着急就扔在了妇好床上。她祈祷着武丁别看见。

你们姐妹俩都在呀？

难得大王有雅兴来此。妇好笑着迎了上去。

武丁挨着忐忑不安的妇良坐在床沿，不经意的一回头瞥见了床上的那块玉珮。武丁一眼就看出那是甘盘家人的珮物。联想起刚才回廊里甘燮有些慌乱的神色，武丁不禁猜测妇好和甘燮有染。武丁一言不发，拿起玉珮后径直走出去了。妇好感到莫名其妙：大王这是怎么了？

丧魂落魄的妇良也回了宫。她绝望地想：完了。大王肯定发觉我的事情了。

可当晚武丁还到妇良这里来就寝，妇良不知道武丁葫芦里卖的是什么药。武丁憋不住问了一句：

妇良……你姐姐和尹士甘燮之间……

妇良心头大石落定。原来他怀疑的是姐姐！妇良当时的想法紊乱而激烈。她最后鬼使神差地说：

他们……他们好像过从甚密。

第二日武丁前去质问妇好，撞到甘燮又在那里和妇好亲密交谈。甘燮见武丁驾到连忙站起，可脚下一滑，摔在了地上。妇好将他扶起。

武丁大吼：你们两个淫男乱女！

大王为何这样说？妇好有些不知所措。

甘燮，你的蟠龙玉珮呢？

回大王，臣今日离开家时忘了佩戴。

甘燮确实是忘了，本来快到王宫时有仆人提醒是否要回去取，但甘燮想一天不戴也没什么。他没想到这个疏忽让他丧了性命。

忘了？在这儿吧！武丁亮出玉珮。

这……这不是我…………

你还敢狡辩！来人！把他拉出去斩了！

守在殿外的王军冲进来带走了甘燮。

妇好着急了：大王，你不能凭空污诋，这玉珮确实不是……那是小妹的……

武丁根本不听妇好的解释，下令将妇好幽禁冷宫！

妇良寝宫里，武丁辗转反侧，难以入寐。

居然为了一名尹士背叛我！明日我便把甘燮的人头提去，我要看她伤心欲绝，痛哭流涕的样子！

武丁一直在妇良的耳畔边重复着这段话。

妇良背对着武丁，媚眼半合，也没有睡着。她的心里对姐姐怀有深深的愧疚之情，可她根本没有勇气站出来承认这一切，还姐姐的清白。妇良只是撒娇似地转过身来，把小而精巧的脸蛋依偎在武丁的胸膛上。

不要啦大王，提着血淋淋的头多吓人！

哼！我就是要吓她！

冷宫淹没在芜蔓荒草之中,四周树木萧瑟,花草零落,凄清破败。宫内的陈设显得古旧而阴森。

武丁走进冷宫时,装饰雅洁的妇好正坐在床榻梳理着头发。

一名王军把精致的黑漆木匣放到妇好的床边,打开了匣子,里面正是甘燮的头颅。

武丁得意扬扬地等待着看到妇好惊惧懊悔的表情,等待着她跪地求饶。

妇好用手沉静而轻缓地为甘燮梳理好凌乱的头发后,把木匣合上,静坐。

武丁感到非常的失落。他觉得妇好之所以如此对他,唯一的一个理由是他曾经做过奴隶,在肮脏的环境中生活了九年,在这点上,他不如甘燮有着纯正的高贵。奴隶的经历将在他的一生烙下印疤。武丁感觉自己被狠狠地鄙视了一次,这种感觉只有在青铜作坊时才有过。

四个月后,幽娴凄苦的妇好于深冷的椒宫中枯寂而死。荣升为王后的妇良感到万分愧疚,跟武丁建议要厚葬姐姐。武丁同意了。

这一年的年末,被封为镇远大将军的臣已因驻守邢地有功,回殷都王宫受赏。酒宴上他喝得烂醉。

头昏脑胀的他一个人在昔日的后宫里转悠,走到西边的长廊时便忍不住狂呕起来。这时走过来一个女人扶住了他,她便是武丁的宠姬：骊姬。臣已以前任王军总管时每日巡查后宫，所以骊姬认识他，而臣已却忘了她是谁了，只以为她是个宫女，便强行要与她发生关系。一年多未遭武丁宠幸的骊姬耐不住寂寞，半推半就之中成全了臣已，她还引导着臣已抱自己到寝宫。

夜半三更，冬夜残月的光辉流水一样地漫进宫内。臣已猛然惊醒，从床上坐了起来。他的双眼因为恐慌而圆睁。他只记得昨夜酒醉后他似乎在和一个女人行男女之事，但不知是幻觉还是真实的。他看了看身旁赤裸酣睡的女人，再看了看寝宫内精丽的布局，他明白了这个女人是武丁的嫔妃！臣已想到来殷都时听闻甘盘二子和妇好通奸的消息，不禁冷汗淋漓，怎么办？

臣已的头脑里混乱不堪，各种各样属于武夫的极端而简单的念头一涌而上。他迅速穿好衣服，满面怒容地握着剑连夜逃出殷都。

横竖都是死，反了！

赶到据点邢地时，臣已召集夫宣等心腹骁将到帐营议事。

我为大商建功无数，立下汗马功劳，可武丁却有负于我。我决定起兵对抗！你们愿意和我并肩作战的就留下来，不愿意的话我也不勉强。

大将们一脸诧异，不知道臣已和武丁之间有什么矛盾，臣已将军突然之间就想造反了。

臣已见这些将士迟迟不表态就拿大话激他们：等我打赢天下，你们全都是王亲国戚，世世代代享受荣华富贵！再也不用受这戍守行役之苦了！

夫宣听得热血沸腾。他第一个站出来表明自己的立场。

我愿与大将军并肩作战！

其余将士见状，也纷纷表明自己愿誓死追随臣已的决心。

好！我等齐心协力，明日便杀回殷都！

果然，次日臣已公然撤掉大商的玄鸟旗，换上了黑旗，率领大部队直线杀往殷都，沿途攻下数十座城邑。武丁大为震惊！他想不明白自己何时怠慢过臣已，真是人心难测。武丁急令卿士甘盘调集各分封地驻军镇压。甘盘念及昔日之情，只是遣军竭力扼制，并不全盘剿灭，一年内削减了臣已大部军力，收复了被攻占的城邑。臣已孤注一掷，带着疲惫的残余士兵打到奄城，眼见着快到殷都了。

公元前一二零零年十一月，焦急的武丁命国相傅说率精锐之师五万前去镇压。

诀　别

　　傅说领兵打了十天仍未攻下奄城。在此期间，武丁做了一个梦：他梦见傅说和臣已联合造反，浩浩荡荡的军队像黑云一样向殷都压来。醒来后的武丁心有余悸，他担心这个梦会成为现实，所以他立即差翟横前去军营打探消息。

　　殷历十一月十七日，臣已手书一封，邀傅说帐下一议，傅说的部下都劝阻他别去了，可傅说还是去了。他想了解臣已造反的原因。当臣已把因不慎与骀姬有一夜之欢而惧怕大王问罪的真情说出时，傅说痛心疾首。

　　唉！你怎么……怎么不考虑后果？如果当时你把情况跟我说，怎么会发展到现在这种不可收拾的地步？

　　不管了，事已至此，反就反了吧！大哥，干脆你和我一起，我们打回殷都……

　　不要胡言！我不愿做叛臣，留下千古骂名。今日我们是兄弟，明日我与你在战场上定然兵戎相见，毫不留情。

　　傅说密见臣已的事情像疾风掠过水面，一波连成一波传到了殷都。一些平素对傅说办事谨严、不讲情面怀恨在心的尹士趁机报复，将两人如何串通好消极作战等情节编得栩栩如生。

155

妇良因国相一直对她有意见，也在武丁面前恶意中伤，说傅说有可能谋反，还让大王别忘了伊尹。

伊尹是辅佐成汤王击败夏桀的贤臣，和傅说一样，也是奴隶出身。成汤死后，本应由太甲继位，而伊尹手握大权不放，以太甲年岁尚小的理由把太甲囚禁到桐地，自己当了大商王。后来太甲千辛万苦逃回王都，才诛杀伊尹，恢复王位。妇良自从当上了王后，也开始学习国史了。她要和情人甘桓一起实现更大的成功。

正在武丁迟疑不定时，翟横写来锦书，确认了密见一事。武丁大怒，派遣王军星夜兼程，以国中有急事的理由火速召回傅说，并让甘盘那刚十八岁的三子甘和前去代行傅说的任务，剿灭臣已叛军。

甘和长得虎头虎脑，健硕挺拔。与大哥甘桓，二哥甘燮不同的是，他从小不爱读书，一味地痴迷武功。也正是因为这一点，臣已很喜爱他，在殷都当王军总管时常常教他一些擒敌和格杀的技巧。这次前往奄城攻打叛军是甘和人生中接受的第一个大任务，他自然心里紧张而兴奋，想用一个漂亮仗打出威名，建功立业。

临行前，苍老羸弱的甘盘不停地嘱咐他：

这次能招降尽量招降，不要硬攻。要忍得住一时之气，要学会智取。臣已他们久经沙场，如果硬和他们拼的话，你带领的军队肯定会伤亡大半。

不屑一顾的甘和满脑子都是立功受赏，压根儿就听不进去父亲的忠言良谏。

甘和走后的当晚，甘盘与陈匡喝酒。陈匡是跟随甘盘多年的老仆，头脑睿智，谈吐不俗，深受甘盘府中人的敬重。

你看我这一辈子，为国家殚精竭虑，呕心沥血。到头来孩子的事情我还要操劳。要说这三个儿子，我最喜爱的还是甘燮，我希望他能够燮理阴阳，而生和谐，能够治理国家，可惜……唉！

大人，事情已经过去了。不必过分伤心。我知道这孩子的为人。

你说甘和攻打臣已，能有多大把握？

这个……就怕三公子立功心切，一时冲动啊。

唉！我担心的也是这一点。现在唯一让我放心的就是甘桓了。

是吗？陈匡微微一笑，没有点破玄机。

殷历十一月二十六日的下午，接到速回命令的傅说自觉凶多吉少，便约臣已来到奄城以东五十里外的旷野，向他诀别。臣已一身甲胄如约赶来，远远望见傅说坚毅地立在那里，白衣随凛冽的朔风飘举。天色苍黄，愁云惨淡，寒霜铺满了冻地。远野处有一棵枯树茕茕孑立。

大哥，你的事情我都听说了，别回去了。武丁为人刻薄寡恩，他不会放过你的，和我一起反了吧！

我说过我不想背负反臣的罪名。我一生光明磊落。兄弟，你我相见我心愿了矣。我走了，你多保重！

臣已一个箭步蹿过来，用剑挡住了傅说的去路。

打赢我你就走。

傅说淡然一笑，他知道这是臣已独有的方式。傅说慨然拔剑，左手向下微拢，表明对臣已的尊重。

臣已双手举剑，对傅说额首。

浑实而雄厚的青铜剑上霜迹斑驳，隐约可见缕缕寒气的飘荡游走。

北风发出慑人的呼啸。

风过处，铜剑"鳞鳞"作响。

臣已直劈傅说，傅说轻松挡住，以挥洒自如，不拘一格的剑法迎接臣已。苍茫的旷野上，两个生死相交的男人用酣畅淋漓的剑战作人生的诀别！

傅说故意让臣已打掉他手中的剑。他不想再这样打下去。

你输了。跟我走。

除非你杀了我。

那我就杀了你。

臣已的剑直指傅说的咽喉。他拿的剑在微微颤抖，他下不了手。

你走吧！臣已用力把剑插进冻土中。

傅说对臣已拱手，默默地离开了。臣已目送他的背影消失在视野里。

第四天，傅说被王军带到盘庚殿。

武丁起身，将珮剑抽出一半。

可曾通贼？

傅说无心辩驳。

武丁下令把傅说押入大牢，听候发落。

殷历十二月十九日，夕阳凄凉，冬风冷瑟。

年迈的甘盘驾马车一路颠簸，赶到占卜官谷贞的家中。甘盘牵挂在牢中的傅说，他想让谷贞测上一卦，看傅说是吉是凶，是否有挽救的余地。

层叠而深邃的院落形成了一口自然的天井。从狭窄的井口流泻进来一束寒冷的薄暮之光，笼罩在低矮周正的土筑祭坛上。

身着白衣的谷贞跪在坛上微闭双眼，身边摆放着占卜演算用的蓍草。

坛下的五只青铜香炉清烟缭绕升腾。

甘盘待谷贞站起，问道：

谷大人所卜何事？

测大人欲测之事。

大人知我为何而来？

谷贞用蓍草摆了一个"囿"字。

甘盘忙问,如何？可有法除此一劫？

命。

谷贞摇了摇头。

甘盘闻言感到不寒而栗,有一种突然被击倒的脆弱与无力。

武丁二十七年殷历一月初六晚，兰渚前去探监。她遣走了狱吏孔涂后坐了下来，与傅说隔着栅栏对望着。

兰渚这么多年的生活一直不如人意。先是无可奈何地跟了武丁，后来好不容易生下祖庚，可因为奶水太少，祖庚被奶娘抚养成人，与兰渚没有什么感情。唯一的精神支柱傅说入狱，孤寂清冷的兰渚更是丧失了活下去的勇气。

脸色憔悴的傅说看着这个一生中最爱的女人从前那张明朗皎洁的面庞上因岁月沧桑而留下了皱纹和斑点，丰盈的养分正一点一滴地耗尽，再想想自己从一个位高权重的国相沦为阶下囚，悲切而酸涩之感涌上心头。

兰渚饮泣着抓住了傅说的手，把那只曾给予过她幸福和归宿感的手反复地亲吻。她把脸枕在它上面，积累了几十年的爱意和幽怨喷薄而出。

傅说……那年你从青铜作坊逃走时为什么不带上我……那次我让你到我宫里来你为什么不来……傅说……我这辈子都是你的人……

傅说从未有过的泪水夺眶而出，他哽咽着，强忍住没有把想说的话说出来。傅说不知道兰渚这次来是向他诀别的。

两人就这么幽泣着坐了一夜。孔涂守在门外没有听见任何话语。

等到远方报时的铜钟打破拂晓迟缓呆滞的空气时，兰渚的眼泪已经流尽了。

兰渚，天亮了。你该回宫了。

兰渚吃力地站了起来。临出门时，她回过头来看了傅说最后一眼，为她心爱的男人展示出了这一生最灿烂、最瑰美的笑容！

兰渚回到宫后便饮鸩自尽了。

她死的时候面容安详而恬美，就像静静地睡着了，做着一个来世相守的悠长温柔的梦，嘴角上挂有意味深长的笑容。

武丁听闻兰渚探监的消息带着王军赶来时，兰渚的魂魄已经走远了。王军整理她的遗物时，发现菊花枕头下放着傅说的粘土头像便上交武丁。武丁这才明白原来兰渚一直爱的都是傅说，难怪她对自己这么冷漠。武丁勃然大怒，接过头像把它摔得粉粹，又挥剑挑烂了枕头。

枕头里淡雅的菊花洒得遍地都是。

武丁顿起杀傅说之心。

他派王军每天两次给傅说送去丰盛的饭食掩人耳目，私底下在饭菜里拌上"弃志"毒药。此药破坏人的消化系统，连吃几日就可以让人不想吃东西一直到他活活饿死，这样外人看来好像是他自己绝食而死。

一月十九日深夜，牢狱里火把仍明。瘦成一堆枯柴似的傅说无力地靠在墙角，嘴里发出喑哑而微弱的呻吟。他的身边放着连续几天积攒的饭菜。

大人，您好歹吃一点儿呀。您这……

孔涂不停地擦着老泪。国相是个多么彪悍强壮的人呀，你看现在变成眼前这个样子了。真是……伴君如伴虎啊。

到了二十日丑时，天空下起了缱绻绵密的大雪。雪花飞舞着，从窗户的罅隙里钻进来，洒在傅说的脸上化成了水。下雪了？傅说的眼睛都睁不开了，只能混沌而迷糊地在即将熄灭的记忆里搜寻。雪……那年冬天，兰渚已经十四岁了……我带着她和武丁偷跑出去打猎……打到什么了……

傅说的思维在这一刻凝固住了。

孔涂看傅说一动不动地靠在墙角，忍不住说了一句：大人……大人……兰渚娘娘……昨日下葬了……大人……好心的孔涂认为兰渚娘娘既然能深夜探监，那她肯定和国相的关系不同寻常。孔涂想告诉他兰渚已死的消息，不知傅说临死时听到了没有。

丑时，甘和的大军用巨木撞开了奄城的城门。甘和全然把父亲的忠告抛在脑后，他就想尽快攻下奄城以便于回都加官晋爵。

大雪纷纷扬扬地卷了下来。激烈的巷战开始了。

甘和率先杀进城后便径直奔向臣已的军营。见到臣已时也没多想，一剑捅向了他。

臣已没挡这一剑。等到利剑深入胸腔鲜血喷溅而出时，两人都愣住了。臣已没想到这个从小自己手把手教出来的孩子日后会杀他，而甘和的脑中也闪现了当年臣已教他时的情景。

夫宣等将士咆哮着冲过来，乱剑把甘和砍得肢离破碎。受了重伤的臣已也在与甘和的士兵厮杀中被众多的铜戟戳死了。

惨烈的肉搏战持续了整整一天。

夜晚亥时雪停，臣已部下全部战死，原来甘和的三万军士也只剩下最后的千余人。

被染红的白雪覆盖住了累累尸体。

一月二十三日是大商庆祝丰收、祭祀地神的春节。

这个春节显得格外隆重而悲壮。

千名士兵抬着甘和被拼连起来的尸体，提着叛贼臣已的头回到了殷都。

甘盘颤抖着揭开尸布，看见儿子惨不忍睹的身体当即就昏倒在地。

武丁下令用青竹挑臣已之头悬于殷都城门上，以示众人。

这天晚上，王宫中记录国史的机构：作册馆里一位白发老人秉笔直书。他就是馆长萧昭翱。他先拿毛笔在竹简上写了一段文字，然后把这段文字复刻在铜盘上。萧昭翱为了谨慎起见，趁夜深无人时把铜盘埋在了盘庚殿的附近。

三千年过去后，来自世界各地的考古学家们在河南安阳小屯村的殷墟上发掘出了这块铜盘，上面的甲骨文仍清晰可辨，翻译过来便是：

殷商武丁二十七年殷历一月二十日，国相傅说死于狱中，看似绝食状。关于他的死，我提出三个疑点：第一，他为何入狱？国相一生立功无数，勤勉有加，为人所共知，他率兵镇压臣已叛乱十九日后被大王召回。只曾听闻大王问了一句"可曾通贼"便把国相押入狱中。他到底有没有通贼罪，不曾验明。第二，为何兰渚娘娘探望他后服鸩身亡？国相在兰渚娘娘死后不久便绝食，他们之间是否另有隐情？第三，国相真的是绝食死亡的吗？傅说是奴隶出身，自幼研习武艺，身体魁伟丰仪，饮食一向得当。突然不吃东西，这确实令人想不通。我了解傅说，他豪侠率性，绝非气短之人。纵然兰渚娘娘的死使他悲伤万分，他也不会拒绝饮食，自取灭亡的。根据上述疑点，我认为国相的死蹊跷无比，这背后到底隐瞒了多少事实鲜为人知。我深知自己写下了这些话定要遭灭门之罪，但史官应尽的职责又让我不能违背事实的本相。大王不会让我的这些话流传下来，所以我把它们刻在铜盘上掩埋于地下，以供后来人鉴明。作册萧昭翱。

商魇

公元前——九八年深秋的一个风雨如磐的夜晚，七十四岁的甘盘病逝于老家津地。他临死前嘴里还念叨着远在殷都的大儿的名字。

甘盘死后，甘桓接任卿士。国相一职空缺，无人接管。

自此武丁开始了他的骄奢淫逸的生活。他将大部分国事委托给甘桓处理，而自己夜夜与美女嫔妃们寻欢作乐。从那时起，武丁患上了一种怪病：每逢大雨之夜，他总是能够听到万鬼恸哭的声音。巫官解释说：也许是寝宫下掩埋了太多祭祀用的奴隶，秽气太盛的缘故。巫官曾经连续十几次作法驱鬼，可根本无法治愈武丁的病。

对国事越来越感兴趣的妇良和情人甘桓讨论他们的计划：妇良要让武丁立自己的儿子祖甲当王位接班人。等武丁死后，他们便可以操控朝政，可以堂而皇之地在一起。

许多方国的外交使者私底下给妇良王后送去玉石翡翠、象牙黄金、貂皮棉裙和她最喜爱的雕镂精工的用人骨制成的各种

器皿，求妇良在武丁王面前美言，能够减免他们的赋税。贪慕虚荣的妇良都一一为他们办到了。

　　朝中尹士之中也有些人经受不起诱惑，接纳各分封地诸侯送来的贿赂，利用职务之便为诸侯敛财积产创造条件。逐渐贫富两极分化严重，平民怨声载道。

　　日益昏庸无主的武丁在定王位继承人这个问题上一直坚持自己的立场，他立祖庚为王位接班人。他喜欢祖庚的懂事，听话和温良谦恭。至于祖甲，武丁一直不喜欢这个孩子，虽然他的母亲是妇良。因为祖甲自从出生那天起就没有对人笑过，包括他的母亲和父王。

　　小小的祖甲总是一副老成森冷的面孔，而且他出奇得瘦弱，仿佛一阵风就能吹倒，根本不像一个整天养尊处优的王族子弟。不过祖甲的目光凶狠，锐利如刀，当他盯住武丁看时，武丁都觉得脊骨一阵阵发冷。

　　没有人知道，九岁的祖甲只有在两种情况下脸上才能泛出不易察觉的笑容。一种是在偷窥宫女洗浴时；另一种则是在翻阅画在丝绸上的夏朝最后一个君王桀醉踞八位裸女春宫图的时候。

　　第二年春天，武丁为求延年益寿，长生不老，特召精通房

中术的奇人苟老入宫。

说起苟老，大商之人无一不知。早在盘庚帝在位时，苟老就向他进道壮阳的丹药。而今苟老已经两百零九岁了，可依然是银须长袍，鹤发童颜，气宇轩昂，风度不凡。传说他是通过采撷幼女阴气、血之术而长寿的。武丁奉他为贵宾。

上仙，我每行完房事后常感虚弱无力。不知怎样做才可以采阴补阳？

苟老的声音洪亮无比。

大王要多与好女交合，在交合时聚精会神，收敛全身阳气，吞服舌下津液，这样就可以使肾脏得到保养，元气得到补足，使人耳聪目明，神清气爽，身体灵便，健步如飞。大王如再能服用老朽以枸杞子、川巴戟、锁阳、川附、杜仲、菟丝子、当归、黄芪和绎泄制成的丸药，配合我炼制多年的幼女阴血丹，那么大王就可以羽化登仙，飞腾升空，到达琼瑶仙境了！

婚后的祖庚和弟弟祖已在小亭奕棋。桑乐公主坐在一旁托腮观看。

棋盘上黑白双子，泾渭分明，属智者的游戏。

祖已擅长奕棋。除了诵读大雅和商颂，祖已最大的爱好就是和哥哥下棋，祖庚常被他杀得片甲不存，狼狈而归。

桑乐公主年已十四，气度高贵，长得玲珑而纯美，亭亭玉立。她在那儿给哥哥祖庚呐喊助威。

祖甲面无表情地穿过小亭，碰翻了祖已的棋盘连句道歉的话都不说，大步流星地走了。祖已很生气对祖庚说：

这个弟弟怎么这个样子？

弯腰拾棋子的桑乐公主的话语表现出对祖甲强烈的厌恶。

他就是这个德行！真讨厌，一点教养都没有！我阿母跟我说过，他母亲就不是个好女人！

听到这句话的祖甲发疯了似地跑回来，咆哮着跳起想扇桑乐公主一掌耳光，结果被高出他一大截的桑乐躲过。

桑乐吃力地用双手摁住他瘦骨嶙峋的肩膀，祖甲左摇右晃，拼命地想挣脱出来。

猛然，祖甲张开他的左手，那手掌如同鹰爪，手指枯细，指甲尖锐，青筋绽结。祖甲将左手攥紧，一记凶猛毒辣的重拳打在桑乐公主柔软的小腹上。

桑乐公主后退了几步，捂着肚子蹲在那里，发出嘹亮而清澈的哭声。

一脸凶气的祖甲还想过去打桑乐，被祖庚一把搂住了。

小弟别再打了！听话！

祖甲不由分说，照着祖庚的手臂就咬了一口，祖庚连忙放

开祖甲。

血!

祖已惊叫了一声，昏倒在地。祖已天生孱弱，见到血就会吓得昏过去。

祖庚跑过去，发现桑乐纯白的衣裙上一大片殷红的血渍蔓延，像明媚的春天后花园里绽放的嫣红的花朵一样。地面上还流有一小摊污血。祖庚猜测今天恰巧是桑乐的月经之日。她也到这个年纪了。

这时的祖甲露出了平日难得一见的笑容。他像一位凯旋的将军，昂着头愈发得意地迈着大步，在微风中抖晃着出奇瘦弱的身躯，飘向远方。

殷历七月初七，武丁因对奏折谈及的历史事件不详，特意到作册馆查阅国史简书。这对于此时的武丁来说，已经很难得了。

武丁查看完先朝历史后，又要来了一堆作册们记录的当今国史的竹简。当他看到萧昭翱所写的对傅说之死表示怀疑的那段话时，不由得勃然大怒，竹简的牛皮绳也被他扯断。

这是谁写的?!

馆长萧昭翱早有准备，他平静地说：

是我。

你为何要诽谤朝廷？是何居心？

臣只是秉笔直书。

秉笔直书？我看你分明是和叛贼傅说勾结！

大王不分青红皂白地信口诬陷，真让人心寒。

你……好……翟横！速将此人拿下，处以死刑。

其余年轻的作册听见武丁要杀老馆长，纷纷跪地求饶。

请大王念在馆长严谨一生，饶了他吧！

孤高而正直的萧昭翱对他们说：

弟子们，都起来吧。这样的昏君不值得你们下跪。

武丁恼羞成怒，他自以为是至高无上的神，受万民顶礼膜拜，没想到居然有人当着他的面骂他是昏君！他拔出剑当场刺死了萧昭翱。鲜血溅到了竹简上。

把这些都抱出去烧了！

当天下午，王军操杀了萧府。

他们并没有找到武丁想找的罪证。

原来武丁疑心萧昭翱不会只在作册馆的竹简上书写，他肯定还会将那些大逆不道的话语记录在其它物件上。

晚上奴隶总管翟横奉旨来到作册馆，身后跟着全副武装的王军。

王曰：今日之事实属意外。特送来美酒，为各位作册压惊。

　　作册们都知道武丁要灭他们的口了。一名作册强忍恐惧喝下鸩酒后，悲愤地骂道：

　　昏君！

　　昏君！

　　一时间馆内咒骂武丁的声音此起彼伏。

　　翟横在作册馆搜出一卷馆内大事记上呈给武丁。

　　那卷竹简上写道：

　　武丁二十九年阳春三月，全馆作册至殷都西方的景山郊游。令人无法理解的是，馆长萧老竟然带着一杆桐铲前行。至景山脚下，他遣散众人，一个时辰后才归入大队中来，且浑身是土。

　　深谋远虑的萧昭翱知道武丁一定会追查到底，所以他在去年春游时就做出假象，迷惑众人。其实刻有对历史有疑问的铜盘，早已被他深埋在盘庚殿周围了。

　　武丁翻看王宫东典门关于外出活动的记录后，确信了萧昭翱制造的假象。他命二十万奴隶环绕景山，方圆十里掘地三尺，名为遍植松柏，刨松土壤，实为寻找萧昭翱所埋的物证。

　　从全国招募来的四十名新作册静坐在馆内，把武丁口述的当朝国史部分分别刻在牛胛骨、甲壳、青铜器和竹简上。他们还不知道，大祸即将临头，两百位善射的王军已经包围了作册

馆。

武丁先说自己的身世时隐去了在青铜作坊为奴的这段历史，只说自己年少便流落民间，深知稼穑劳役的艰难。这样更能营造出一代名王的神话色彩。在叙述傅说之死的问题上，武丁删去了毒杀他的事实，而说成是国相傅说联合臣已谋反被抓，在狱中他畏罪自杀。

说完这些谎言后武丁走出馆门，大喊了一句：有刺客！

作册们还没弄明白是怎么回事便被王军悉数射死了。武丁要让自己刚才的谎言变成史实，必须先杀了这些记录的作册，才能让后来的人相信。

次日武丁诏告天下：

前次招募来的作册中有人心存不轨，意欲行刺，王军已将他们处死。现再次招募作册，严格盘查！

公元前——九四年，四十八岁的武丁由于过度纵欲，腰脊疼痛，几乎丧失了性能力。苟老只好劝谏他：

大王不能再行房中之事了。

可武丁陷入肉欲的泥淖无法自拔。他疯狂地进食补药，以致于肾水衰竭，心火如焚，脏腑干燥，身体极度消瘦。

十二月中旬的一日，漫天大雪。武丁差翟横把苟老召至寝宫。宫内火炉温暖，明亮简洁中透着隐约的肃杀。苟老入座

后，武丁问他：

上仙，可有其它的办法让我恢复？

嗯……大王看看食用走兽的阳物如何吧。

武丁的脸上露出了虚浮而淫邪的笑容。他想到了当年血铸司母戊大方鼎时的情景。

不知上仙……用人的……如何呀？

苟老吃惊地望着他，胡须微微地颤抖。等到苟老回过神来刚想跑，被冲进来的两名王军按住了。

武丁慢腾腾地走过来，向苟老拱手。

我也是迫不得已，请上仙原谅。

你……你……你人神共诛……你要遭天谴……

武丁笑着说，天？我就是天。

吃下苟老阳物的武丁奇迹般地恢复了能力。

可惜这能力只维持了一个月。

后来武丁又杀了几十名精壮少男取食其阳物，依然颓而不举。

连善用禽兽交媾之术的妇良也没有办法。武丁彻底地失望了。

武丁开始神经失常，每天夜晚他都无法入眠，因为耳边鸣响着鬼哭狼嚎的声音。强行睡着后就会遭受梦魇的侵袭。双目紧闭的武丁感到有很多人一起压在他的身上，忽而是妇好，忽而是傅说，兰渚，臣已，雁宫怀，甚至父王小乙，母戊和他一直不喜欢的祖甲，使他呼吸困难，动弹不得。直至阳光射进寝宫的时候梦魇及幻音才会消失。

白天的武丁神思恍惚，虚弱萎顿，无法临朝。

几个月后武丁又患上了梦游症。他两眼圆睁，如同鬼魅一样在寝宫里走动。这一天他在梦中唤侍从把臣已的头拿给他。

臣已的头颅自从在殷都城门上悬挂三个月后，皮肉皆糜烂脱落，只剩下狰狞而惨白的头骨藏于王宫高阁之中。

正处在梦呓状态的武丁接过王军送来的臣已头骨，把它放在枕边，然后继续睡觉。

梦境里，一脸血污的臣已提着刀追杀他。他拼命地逃，逃到了山洞里。傅说和兰渚在那儿等着他呢。傅说还是一身奴隶的衣裳，他走过来招呼他：

小弟，谁又欺负你了。

兰渚对他粲然一笑，递给他一根烘山芋，小弟，饿了吧？他接过山芋，说了句：谢谢兰姐姐。

兰渚的嘴角流出血来，她凄婉地问他，兰姐姐？你不是喊我兰妃吗？怎么又改口了？

兰渚原先的粗麻布衣服瞬间变成了华美的白裙。她的脸逐渐模糊，又逐渐清晰成了母戊的容颜。他再看看身旁，臣已神

态可怕地站在那里。臣已那双凹陷很深的眼眶里喷射出能将他燃烧的火焰。臣已的身体布满了露出腐肉和血管的裂口，让人不寒而栗。他一步步向后退……

当阳光把整个寝宫铺满时，浑身冷汗的武丁醒来了。
他疲惫地转过身去，发现臣已的头骨正对着他！
一阵猛烈的痉挛席卷了武丁的全身。他几乎被吓死！

接下的几天里都是这样：武丁睡到半夜突然站起来命令王军把臣已的头骨提来，第二天惊醒后让王军侍从扔了头骨，可到了晚上，武丁又要它！
反反复复，像邪恶的诅咒。

武丁崩溃了。

公元前一一九二年一月十九日上午，清醒的武丁让翟横拟召：三月份到黄山举行祭天典礼。
翟横，你跟我多久了？
回大王，三十五年了。
哦……那你今晚留下来吧。侍候我入寝。
是。

二十日子丑之交时，占卜官谷贞根据天象在青铜虎尊上刻下：岁在鹑火，月在天驷。日在析木之津，辰在斗柄。

那天夜里阴风大作，幽凄苍白的残月辉光映得铺着乳白石板的盘庚殿如一潭弥漫着魅惑与骇异气息的无底之水。

身穿白色王服的武丁悄然无声地踱出寝宫。

正在门外守候的翟横见状，立即尾随着他走向长廊。

长廊阴冷深邃，只有墙壁上安放的几盏冷清萧条的油灯。

武丁一句话都不说，翟横不清楚他处于清醒还是梦呓之中。

长廊的尽头是一幅白幔。武丁撩开它，便来到盘庚殿的最高层坐了下来。

翟横站在他的身后。

忽然武丁声嘶力竭地叫嚷着爬了起来。他恍惚中看见五十级台阶上站满了人。傅说、臣已、武甲、武乙、被烧得扭曲变形的雁宫怀……

大王怎么了？看见什么了？

翟横赶紧跑到武丁前面护住了他。

武丁发现臣已站在他眼前。他拔出剑奋力把翟横劈成了两半。他把翟横当做臣已了。

极度癫狂的武丁挥着剑向前冲，他要杀掉台阶上的那些

人。

武丁一脚踏空，从高耸的五十级台阶跌落，当场毙命。

大商最有成就的君王竟以这样的奇怪的方式终结了人生。

凝结在盘庚大殿顶梁上的一圈浊湿凝重的红雾被忽如其来的寒风撕成碎片，点点散去了……

戌

殷 风

祖庚一年殷历三月二十日。雄奇峭拔的黄山天都峰上，祭天大鼎之火熊熊燃烧。

　　遥远处那古朴苍劲的松树生长在嶙峋峰石间。

　　云蒸霞涌，重重叠叠，变幻莫测。

　　随行的五百名王宫男歌者集体颂唱为商高宗武丁而谱写的《殷商·武丁》。

　　　　挞彼殷武

　　　　奋伐荆楚

　　　　深入其阻

　　　　褒荆之旅

　　　　昔有成汤

　　　　自彼氐羌

　　　　莫敢不来享

　　　　莫敢不来王

　　　　曰商是常

　　　　商邑翼翼

　　　　四方之极

　　　　陟彼景山

松柏丸丸
是断是迁
方斫是虔
松桷有梴
旅楹有闲
寝成孔安
大邑商！

鼎内大火熄灭。一只山雉飞过来站在鼎耳上凄惨地鸣叫，直至吐血而死。祖庚王吓得面无血色，祖已和桑乐公主都为他捏了一把汗。这是个不吉之兆。祖甲脸部的肌肉有些抽搐，他暗自发笑:都是母亲妇良和甘桓卿士设计好了的。

一年后，祖庚暴毙于寝宫。祖甲含笑继位，商朝历史上又一个以淫乱挥霍著称的大王粉墨登场。太后妇良与集国相和太宰于一身的甘桓间接操控朝政。第二年，祖甲杀掉恃才傲物，不识时务的祖已，把桑乐公主及驸马虢执一家贬为平民，逐出殷都。桑乐公主不堪凌辱，愤而自杀。

公元前一一八五年，祖甲成人。这一年旱灾肆虐，人祸横生，饥馑不断，饿殍遍野。祖甲以赈灾不利为名贬谪甘桓至远荒。甘桓半路上饥渴累病而死。妇良被祖甲禁闭深宫，从此不见天日。

公元前一零四六年一月二十日子丑相交时，出现了和武丁死时同样的天象。这一天发生了著名的"武王伐纣"事件。周武王姬发统率西方方国部落于牧野一地大败商军七十万人。商军群起倒戈，带领周军攻陷朝歌。纣王帝辛登上鹿台自焚身亡。

绵亘中国历史六百余年的商朝覆灭，西周建立。

商灭后，除了少数居民仍在殷都居住外，大部分人均搬迁出去。到了春秋时期，昔日绮靡繁盛的殷都只剩下残垣断壁，荒芜野草。但那首曾经流传广远的《殷风·乾地辽茫》却被搜集民歌的王廷乐人编入王宫歌舞中，重新谱曲，顽强地存活了下来。

天海浩荡

乾地辽茫

黍离青青

牛马扬尘

谁儿不刈

谁儿不耕

谁儿不狩

谁儿不征

问其人儿

命何如哉

天海浩荡

乾地辽茫

春酒融融

宫侪逶迤

谁儿无衣

谁儿仍矜

谁儿独征

谁儿已殇

哀其人儿

命何如哉

据东汉末年洛阳秦子昆所著《殷商谱》记载：

商二十三王武丁自幼生长于民间，深知稼穑艰难，在位三十五年励精图治，拓宽疆域。晚年疏于朝政，后宫作乱。武丁三十五年一月二十日从盘庚殿失足跌落，薨。史称"商高宗"。

傅说乃奴隶出身，被武丁擢以为相，兢兢业业，不辞劳苦。武丁二十六年末被诬通贼入狱，后离奇死于狱中。

据清郎中黄崇松光绪七年（公元一八八一年）所写的《甲骨卜辞考究》记载：

商二十三王武丁自幼流落民间，深知稼穑劳役之艰难。在位期间励精图治，拓宽疆域。武丁三十五年一月二十日染重疾薨。史称"商高宗"。

傅说乃奴隶出身，被武丁擢以为相。武丁二十六年末通反

184

贼臣已，事败被捕下狱，畏罪自尽于狱中

三千多年后，在中国河南安阳，考古学家们发掘出了举世瞩目的**殷墟**。

作为殷商标志的**司母戊大方鼎**惊现人间。

商魇主题歌词《流水飞花》

流水飞花

往事不堪回首

想你的时候

上高楼

花要谢

人比花还瘦

我不要荣华富贵

只要与你相依偎

看春夏秋冬

四季轮回

沧海桑田

我心不变

千年誓言

等你兑现

月出皎兮

远在中天

皓然大方

遍洒殷都

有美一人

舒窈且纠

顾而长兮

美目且清

如果时光倒流

我们手牵手

草长莺飞

风景秀

快乐无忧

就算乾坤倒转

与我不相干

唯一的信念

离开世界时

还看见你的笑脸

沧海桑田

我心不变

千年誓言

等你兑现

《商魇》公共论坛

网名：20.30.40　　**支持度：**☆☆☆☆☆

　　无论是从缜密的构思、独特的选材，还是从快速的叙事语言来看，王晓璇都称得上是八十年代后出生的作家中最具潜质和创造力的一位。读《商魇》比读那些毛头小青年写的风花雪月和玩世不恭的调侃的好处在于：它拓宽了我们的思维空间，并引起了我们对作者塑造的那个白衣飘飘的商朝的神往。我个人给这部诚意之作打98分。

网名：杀死珍妮　　**支持度：**☆☆☆☆☆

　　也许因为本人超爱看电影的缘故，所以我非常喜欢这个《商魇》。它的场景设计和人物语言，以及作者追求的色彩都很像一部史诗电影。我希望它能够拍成电影。想想看，把书中的"血铸"转化成影像，滚烫的鲜血倾泻在司母戊大方鼎上，多么具有震撼力！

网名：因父之名　　支持度：☆☆☆☆

故事和语言什么的都不错，眼光也很独到，唯一不足是写的太短。既然故事编得这么复杂，为什么不多写一些呢？小说嘛，又不是女孩子的裙子，希望晓璇的下部《大禹》能写长一点。

网名：温柔小猫　　支持度：无

又一次面不改色心不跳的编造！除了编造我们还能看到什么呢？

网名：爱就爱了　　支持度：☆☆☆

至少《商魇》可以让那些成天只知道批评年轻作者光会情情爱爱的评论家们暂时 shut up!

网名：涂鸦　　支持度：☆☆

总体感觉《商魇》像一块压缩饼干，所有的故事情节都显得紧巴巴的。好多人物的设计不错，像雁宫怀、兰渚、母戊、臣巳、甘桓、甘燮这些，可是都没把他们铺展开来。我不知道作者是有意而为还是水平有限。

网名：爱慕茜茜公主　　支持度：☆☆☆☆☆

看完《商魇》很惊喜，终于有一个作者写商朝这么久远的年代的事情了，记忆中我对商朝了解只限于许仲琳的小说《封神演义》和根据这本书拍的电视剧。暑假的时候湖南台还在播大陆拍的《封神榜》呢？如果《商魇》能改编加工成电视剧一定很好看，首先那些人物统统一身白衣亮相就非常有感觉。

网名：我挑我的　　支持度：☆☆☆☆☆

我的语言水平太差，不知道该怎么说。总之，是太好了，太好了，很好看。

网名：寻找新大陆　　支持度：☆

《商魇》也就是一般货色，没有那些网友吹得那么邪乎。仔细看看，小说里"武丁回殷都"和"傅说、臣巳在枫叶府邸的打斗"分明就是抄袭《英雄》里"无名进宫"与"红衣飞雪、如月于胡杨林厮杀"的桥段嘛!

网名:那小子真蟀　　支持度: ☆☆☆

原来商朝除了那个该死的商纣王之外,还有这一位更该死的武丁!

网名:晓岚和汤姆　　支持度: 无

真不明白这种东东有什么价值!一些人还被它震撼得糊里糊涂的。可笑!

网名:郭老靖　　支持度: ☆☆☆☆☆

王晓璇应该算是新生代作家里最具创意、最会讲故事的了,虽然他刚出道。如果老谋子当年拍《十面埋伏》时找他当编剧,或许骂声要比现在少一点。至少在晓璇的设计下,金城武和章子怡的激情戏不会 MV 四次。还有,我期盼着他的新作《大禹》,想看看他又会给我们带来什么样的惊喜。

网名: 巫巫   **支持度:** ☆☆☆☆☆

因为我是个喜欢有才华男孩的女生,所以我特别关注80后男作者的书,不奇怪吧!比起郭敬明《幻城》之后的苍白虚弱,韩寒《长安乱》的无聊浅薄,晓璇的《商魇》倒让我眼前一亮,这么复杂的故事,这么繁多的人物,作者在用简短有力的语言叙述时让我感到了他不凡的功力、胸中的压抑和对事实本相的恐惧。而且他对于色彩也有很强烈的迷恋。我喜欢他的快速叙事,因为它能留给我很广阔的想像空间。至于说《商魇》太短,我认为这是晓璇的明智之举。在这个年代,谁还能静下心来看一部长篇大论的小说呀!中外名著都没有人看了。总之,我很喜爱这个极具创新意识的男孩子,并衷心祝愿他每一部作品都能用心去经营!

网名: 泡泡   **支持度:** 无

能看出王同学一直在试图制造沉重、严肃、冷静,遗憾的是我从中只能看见滑稽。

网名：五四青年　　支持度：☆☆☆☆☆

应该说目前市场上同种类型的书都局限在节奏不明快、拖沓上。这部作品则很好地避免了，对于一个年轻作者，尤为可贵。

网名：河滨公园　　支持度：☆☆☆☆☆

晓璇把我们带进了他创造出的商代。这里有隐忍、杀戮、忠诚、背叛、血腥、乱伦，包容了各种类型化的情节，场景的设计也都兼备了美感、冲击力和深沉的压抑。最后独立出来的两段文字，两段对武丁、傅说这对兄弟的身世死因迥然不同的介绍，把小说的境界提升到一个新的高点。何为正史？何为野史？人性的最深处是什么？是自私、冷漠？还有宽容，宏博？

网名：小风吹　　支持度：☆☆☆☆☆

极富性格的人物，复杂曲折的故事，凄美感人的爱情，无一不令人感慨，人生命运，大概也如此吧。

网名：哥斯拉　　支持度：☆☆☆☆☆

《商魇》中最令我感动的就是傅说和兰渚的感情，毫不张扬但是深入骨髓，作者用很少的笔墨在极大的程度上发掘了读者的想像。兰渚终其一生，深爱的还是傅说。美人迟暮，英雄落魄，令人心酸。作者没有给他们安排过多的接触，仅有的一次激情也是一笔带过，但我仍可以强烈地感受到这种传统的中国式爱情，尤其是两人诀别那段。兰渚是作者心目中的爱人理想，同样也是我们的。

网名：牛牛牛　　支持度：☆☆☆☆

让我比较感兴趣的是书里描写的幻术表演，又是大变美女，又是在宫殿里变出一座大山。想来我们的老祖宗就比现在的那个全世界到处得瑟的大卫厉害多了！如果《商魇》拍成电影，那么这段幻术表演一定会成为里面的华彩篇章！

网名：刀小 D　　支持度：无

我不喜欢《商魇》！不就是胡乱编造一堆故事吗？商朝人

能那么说话吗？司母戊大方鼎是那么来的吗？王同学，写之前动动脑筋好不好？你以为我们都是吃素的吗？BB!

网名：洛阳牡丹　　支持度：☆☆☆☆☆

纷至沓来的故事和转换快速的场景让人透不过气来，不过这种 FELLING 真是特酷，很少有年轻作者这样写，而且是写商朝的故事。作者也一定是对历史很痴迷的人。虽然我的家乡在河南，但一直都在洛阳居住，郑州每礼拜都去，可安阳从来没去过。读了《商魇》，我想抽空去趟安阳，看看那里著名的殷墟，晓璇小说里那片凝结着辉煌雄浑与爱恨情仇的土地。

网名：天平　　支持度：☆☆☆

无论是小说，还是影视剧，都是靠编出来的。只要编得好，自然就能获得大家的认可。这本《商魇》就编得不错。

网名：痴痴道人　　支持度：☆☆☆☆

对于历史，我们可能永远都不会知道当时的情形究竟是怎么样子的。作为新世代历史小说，在娱乐的同时也应为我们提

供一种较为可信的可能。王晓璇的这本书做到了，而且做得不
赖。

网名：紫霞的眼泪   支持度：☆☆☆☆☆

问世间情为何物？政治漩涡卷不走，利剑快刀斩不断，铁
蹄不抬头，淫威下无畏。死亦不畏，何畏之有。我为兰渚流了
一滴泪。

网名：可爱淘淘淘   支持度：☆☆☆☆☆

如果我们的图书市场上多出现一些像《商魇》这样的作
品，那么应该不会有人再说什么"图书市场不景气"这样的话
了。

我的古典主义情结

——商魇作者访谈录

采访时间： 2004 年 6 月 20 日
采访地点： 西安市钟楼区某茶坊
采 访 人： 一飞

    我在茶坊的二楼找了个位置，靠窗的，窗内侧有两株盆景，翠绿的颜色陡减了几分夏日的炎热。我坐下来，看了看表，离约定的时间还有一刻钟。我期待着《商魇》作者王晓璇的到来，期待一场特别的访谈。

    可能他是我访问过的作者中最年轻的。没看资料以前我想他应该是满脸胡子，年纪至少在三十岁以上还喜欢叼着烟的糙男人，指甲因为抽烟熏得黄黄的那种。没想到他竟是一个不满二十岁的大二在校生，戴着眼镜斯文得很。他如何能写出这样一部内容厚重与他应有的年龄和阅历相去甚远的作品？史诗样的繁杂，众多的人物，精彩的故事，这一个个疑问让我更加急切地想见到他。我想他一定对古典很感兴趣，在这里他会更加放松。我暗自为自己的决定得意。

还有五分钟，去趟洗手间吧。事情往往就这么巧，等我出来的时候，我看见一个长得和照片上很像的男孩坐在我位子的对面，穿着白衬衣，看上去清爽干净的样子。我并没有跟他说清楚位置。"缘分"，我的脑海里闪出了这个词，当然不是《卖拐》的范伟跟赵本山。我走过去问了一个后来我自己都觉得好笑的问题。"你是王晓璇?""我是"。他很平静地回答。我递给他一张我的名片，他看了一眼后点头对我笑了笑，"你好"。"喝点什么?"我问他。"菊花茶"。我为自己叫了杯绿茶，就这样，在有着漂亮盆景，有着空调冷气的茶芳里，我们的访谈开始了。

一飞 五个月前的这个日子，正是你故事中神秘的轮回之时。

晓璇 （笑）对。

一飞 抽烟吗?

晓璇 从来不抽。你以为我抽?

一飞 而且抽得还很凶。搞写作的嘛。

晓璇 是吗?（笑）我不抽。

一飞 平时有什么爱好?

晓璇 和时下年轻人差不多吧。看书、听歌、看电影、读杂志。偶尔看看电视剧。因为平时我比较忙，电视剧看得很少。

一飞 你不去酒吧、迪厅这些地方? 看你特文静。

晓璇 是，我不喜欢那里。（笑）我更喜欢像茶坊这样静谧幽雅的地方。

一飞 喜欢看什么电影呢？

晓璇 我的口味很杂，动作片、探索片、周星驰的搞笑片、欧洲文艺片，好莱坞的大片我也爱看。最喜欢看古装片。

一飞 杂志呢？都看哪方面的？

晓璇 每个月都订了四十元的电影和小说杂志，基本上就看这些。

一飞 最喜欢谁的小说？

晓璇 李碧华。

一飞 就是那个许多作品都被拍成电影的香港女作家？

晓璇 对，她的《秦俑》、《青蛇》、《胭脂扣》、《霸王别姬》、《川岛芳子》……她的所有小说我都读过不下七遍。现在我家里还有一本她的小说全集。

一飞 最喜欢根据她作品拍成的哪些电影？

晓璇 关锦鹏执导的《胭脂扣》和陈凯歌执导的《霸王别姬》都喜欢，我最喜欢《胭脂扣》里十二少对如花说的那句话："如梦如幻月，若即若离花。"感觉非常美。李碧华真是太厉害了。

一飞 那你算是她的"Fans"喽。

晓璇 （笑）对，而且是铁杆级的。如果几年到香港能见到她，让她签个名，那我就很高兴了。

一飞 我看你比较偏爱远离现实的作品，包括文学和影视。

晓璇 对。

一飞　是不是越古越好？

晓璇　是。

一飞　所以第一部就选择商朝？

晓璇　对。

一飞　这是什么时候的想法？

晓璇　四年前吧，那时我十六岁，上高二。

一飞　怎么想起来的？

晓璇　那年夏夜我做的一个梦，很可怕，但是梦境很清晰。这个梦令我无法忘记。

一飞　创作冲动源于一个梦？怎样的梦呢？

晓璇　我和一群衣衫褴褛的奴隶被大军团团围住。然后站在兵车上的一位将军拈弓搭箭射穿了我的头颅。我当时就感觉太阳穴一阵酸痛。不过很快我就醒了，后来的许多天里我都在回味这个梦。我想这个梦很有意思，能不能把它改成一个小说，一个剧本呢？那么它又是发生在什么时代的故事呢？我记得梦中有些奴隶被士兵用青铜戟戳死了。"青铜"、"殷商"这两个词很快从我的脑海里蹦出来了。我想好，那我就写一个商朝的故事吧。二零零二年十二月三日是我的十八岁生日。这天我在稿纸上虔诚地写下了"商魇"两个字。十六岁的那场梦境被我用在小说的第五章"六合"中，就是武丁带着五千王军剿杀桐国残兵的那段。

一飞　真有点"仙人指路"的意思。就该你写出《商魇》来。·

晓璇　（笑）我觉得商朝距现在已有三千多年，历史久

201

远，资料难寻，但是有很广阔的想象空间让我自由发挥。这是一个令人兴奋的过程。

一飞　我想你发挥得也很酣畅吧？一百多个人物，你让他们什么时候出现他们就什么时候出现，你让他们什么时候消亡他们不想死也不行。你就像一个幕后操盘人，成败输赢尽在你的布局中。

晓璇　对，这种感觉很过瘾。

一飞　《商魇》最想说什么？

晓璇　这个其实已经在作品里提到过，就是历史具有很强烈的不确定性和模糊性。我觉得历史比较虚伪，它记录下来的东西有多少是真多少是假我们不得而知。因为历史从来都是由统治阶级来书写的，他们有权篡改历史本相，删去对他们统治不利的记录。就像小说的第十一章里武丁杀作册（史官）然后口述国史一样。那你说稗官野史里就一定没有真正的史实存在，而供人阅读研究的正史中就一定没有说谎的成分吗？我看不一定。

一飞　你希望给大家传达这样的信息。

晓璇　当然要亲自去看这个故事，才能体会得到，光凭我讲很表面。

一飞　意思是得让读者花钱买本来看，要买正版的。

晓璇　（笑）买我的书是对我最大程度的支持。

一飞　向大家介绍一下书中的主要人物吧。

晓璇　主要有武丁、傅说、兰渚、妇好、美戊、妇良、甘盘等。

　　一飞　那他们之间的关系又是怎样的？

　　晓璇　武丁是商朝中后期的名王，在位前期励精图治，拓宽疆土，使商朝国力达到空前绝后的鼎盛期。传说是武丁年少时在青铜作坊结识的大哥，后来被武丁提拔当了国相，助武丁征战天下，声讨四方，官居显赫的傅说终以饿死狱中收场。兰渚以前是傅说的女人，到头来竟成了武丁的兰妃。武丁尊称美戊为"母戊"，因为她是他的生母。一段淫冶败德的丑闻发生不久，武丁便创造出了那个后来被无数人交口称赞的"司母戊大方鼎"。妇好和妇良本是一对姐妹，妇良为了欲望和爱情把妇好推向深渊。甘盘任卿士几十载，呕心沥血，鞠躬尽瘁，在痛失二儿子和三儿子的巨大悲怆下，嘴里念叨着大儿"甘桓"的名字落寞而凄凉地死去。

　　一飞　我读过小说的清样，很精彩，故事特别吸引人。你是会讲故事的人。

　　晓璇　（笑）谢谢。

　　一飞　历史小说通常都是借古讽今。《商魇》里的故事有没有一些影射现实的味道？

　　晓璇　没有。如果以后有读者非要说他从书里看出什么来了，我也不好说什么。本来书交到读者手里就意味着下一轮艺术再创造的开始，我很尊重读者的想法。

　　一飞　在小说里，你对历史记载的东西比如司母戊大方鼎的来源做了大胆的假设和颠覆，这可以算是中国第一了。那么你在写之前有没有做过调查？

　　晓璇　有。《商魇》动笔前我做了一年半的资料搜集。我发现殷商时代，奴隶主贵族在一座宫殿建成之后，往往会杀一批奴隶把他们的鲜血浇灌在宫殿周围的空地上，意思是祭拜神灵先祖。还有在祭祀时，商王或贵族会在宗庙前立下铜鼎，鼎下生火，鼎内加水煮供祖先享用的牛羊等。得到这些信息后，我开始想，能不能把鲜血运用到铸鼎中，鼎成下葬时能不能加一点残酷野蛮的仪式？慢慢的，原来的想法变得成熟了，于是就变成了如今书中那惨绝人寰的"奇观"。用二千三百六十八名奴隶的鲜血浇在尚处于熔融状态的大方鼎上，然后把一名奴隶绑起来放到铸好的大鼎里生煮等等。

一飞　你很敢想，把司母戊大方鼎说成了乱伦的产物。不怕招来非议吗？

晓璇　我觉得把你说的"非议"改成"争议"更好。其实我只是在小说里提出了我的想法而已。我没有强迫别人接受的意思。还有我认为，作品有些争议未必是件坏事。

一飞　为什么？

晓璇　有争议，说明作品受到关注。作品越容易实现它应有的价值。

一飞　有利于炒作？要知道出版社一旦打出"新生代作家王晓璇揭秘司母戊大方鼎丑闻"这样的旗号是很能招人的。

晓璇　炒作属于非正当宣传，词性上来说属贬义。我当然不希望有人以此作为"卖点"吸引众人眼球。我想正当宣传就可以，不必故意炒作。这也是我对自己作品的信心吧。

一飞　小说里的人物都各有性格，能简单介绍一下吗？

晓璇　武丁是个极度压抑之后又极度膨胀的人。他从一个王子沦落为青铜作坊的奴隶，在漫长的八年成长生涯中，他倍受冷落、蔑视、责打，挣扎在死亡的边缘线上。这种压抑晦暗的生活造就了他乖戾阴郁的性格。一旦得势后，他就开始报复，私欲无限地膨胀，自以为神，为所欲为，让很多人为他而死。傅说是我的偶像，我做人的目标。他刚毅而仁慈，清心寡欲，头脑冷静，顾全大局，是真正的男人。妇好绝对是那种端丽温雅，母仪天下的王后，她和善亲切，接物待人自有主见，尽心尽力辅佐武丁治理国家。只怪她的命运不济，最后枯寂而终。兰渚性格逆来顺受的一点在小说中得到强烈的体现。她深爱着傅说，把娇润的身体交给傅说后她希望从此能和他卑贱而满足地活着；但傅说不明生死，武丁把她接进殷都封为王妃，她也幽怨无奈地认命；在武丁伏在她的身上宠幸她的时候，她扭过头望着一勾冷月流下了数滴屈辱的清泪。

一飞　那你本身比较喜欢哪些人物？

晓璇　傅说、妇好、兰渚这些人。傅说是我的人生目标，我希望我能成为一个他那样的男人。而妇好和兰渚她们是非常美好的女性形象，性格温婉，面容清俊，她们对待爱情的态度纯粹而又专一。非常古典，纤尘不染。我觉得像她们这样的女性在当今社会可以说已经绝迹了。因为现代人的感情浮躁、浅显。妇好和兰渚是我寄予的一种爱情理想，是我对已然消失或行将消失的一种精神的追忆和挽留。

一飞　你比较喜欢传统一点的东西。

晓璇　对。说到刚才的那个问题，我发现我漏说了一个人物：雁宫怀，他也是我比较喜欢的一位。

一飞　噢，对，看小说时，他给我的印象也很深刻。你把他写成了一个美貌绝伦的男子，你说他"眼含秋水，面若莲萼，蛾眉温朗如勾，粉唇丰盈红润"这些通常是用来描述女子的词。

晓璇　（笑）西方美学家强调人物的中性之美，就是超越性别的美。在小说里，我塑造了一位极具中性美的雁宫怀，然后把他残酷地烧毁，这就是悲剧。由于容颜清雅绝美，他与生俱来带有一种自恋的情结。他经常对镜发呆，幻想自己是位女子。后宫妾奴们频频对他示爱，他无动于衷；纨绔子弟、爱娈童的武乙跪地求他并发誓"弱水三千，从此只饮一瓢"。他的心弦虽然有所触动，但坚持住不让冰清玉洁的身体遭到淫秽的玷辱。很多个夜晚，他身穿武乙送来的红袍站在镜前凝神痴观，他以为镜中站立的原本就是个玉壁佳人。他热烈地爱慕着武丁，但这份爱始终埋藏在心底，不敢也不可能说出来。他因为武丁的不解风情而黯然伤魂。后来他为了成全武丁甘愿承担与母戊通奸的罪名，他以为他为了爱人去赴死是幸福而欣慰的。可惜的是他爱错了人，武丁辜负了他，加深了他的苦痛.所以小说中写道武丁烧毁的是"天地间永不再生的绮丽而悲情的奇迹"。我觉得雁宫怀也是我的理想，在他身上寄托的。

一飞　理想？可他是位男性呀？

晓璇　别误会，（笑）我没有同性情结。我说的理想，是指体现在雁宫怀身上的那种对感情强烈而痴迷的执著、坚贞、很有些"从一而终"的味道，尽管他没"从"就"终"了。

一飞　嗯，看得出你还有一些大男子主义，是吗？

晓璇 是，我也觉得有一些。我想这大概是源于我有强烈的责任感吧。

一飞 我想听听你的爱情观是怎样的。

晓璇 三年前我的爱情观是这样的：男孩应该有才华，有高尚的品格；女孩应该聪颖，秀美，两人在一起轰轰烈烈地爱恋。这样就很符合"才子佳人"的说法。现在我就特别渴望能够平淡而宁定地相爱，在寒冷的时候相互依偎，两人不用多说话就能了解彼此的心意。没有在旁人听来苍白甜腻的爱语，但是在我们两人的心底，都知道对方深爱着自己。很平静很恬淡地生活，但是感觉上很舒服。一个眼神，一个手语，一声问候，都能激起心湖阵阵涟漪。

一飞 你的爱情观也很传统。我觉得你说得很对，我也是属鼠的，但我大你一轮，我是1972年生的。真的，现在我越来越感觉到平平淡淡的爱情才是真实的。顺便问一下，你找到你心目中的爱情了吗？

晓璇 （笑）这……这怎么说呢？这个……也许我还在寻找的路上呢。

一飞 （笑）你不像现在的一大部分年轻人，他们爱得很热烈。

晓璇 也许是因为情感也已经越来越浮躁了吧。我的身边也经常会发生这样的事情，男女同学之间恋爱但周期很短，基本上只能维持几个月或一个学年，这在大学校园里是稀松平常的事情。

一飞 回到小说《商魇》上来，从整体上评价，它是一个大悲剧。你在创作时是否受了西方文学的影响？

晓璇　或多或少会有一点儿吧！

一飞　我知道在前一段时间，你的小说引起了几位大牌导演和制片商的重视。这几天读完小说，我发现它的画面感果然很强，看着看着脑中就会浮现出一连串的画面了，确实像在看电影一样。那你希不希望它被改拍成为影视作品？

晓璇　其实我在写《商魇》的时候就有这个想法了。《商魇》原稿有二三十万字，我最后把它压缩到现在这样，就是为了简短而好看。

一飞　希望它进一步成为影视作品，被更多的人接受？

晓璇　是的。我有这样的一种观点：小说比影像具有更丰富的想像力，而影像比小说具有更宽广的传播。两者我希望能够取长补短，相互结合。我期待我下面的作品都可以走这样的路线。

一飞　向偶像靠拢？

晓璇　偶像？什么偶像？

一飞　李碧华呀，她的每部小说都被改拍成影视作品了。

晓璇　对对，李碧华是我偶像，我希望能向她学习，我还得多努力。

一飞　假如拍成电影的话，你心目中的导演是谁？

晓璇　当然是张艺谋或陈凯歌。这种大手笔只有他们能拍出来。我现在还在等与张艺谋导演合作的机会。

一飞　陈张两位是目前中国电影界双峰并峙的大牌导演。近几年他们都不约而同地拍起了商业片，陈凯歌两年前拍了

《和你在一起》，这一段时间又在拍《无极》，炒得沸沸扬扬的。张艺谋就不用说了，《英雄》在人民大会堂的首映礼我也去了，场面真是震撼人心。

晓璇　对，现在他的《十面埋伏》又要上映了。听说首映礼晚会开在了北京工人体育馆，而且全球直播。

一飞　那他们要拍《商魇》肯定会把它做成一部大投资的商业片？

晓璇　如果拍的话，肯定是部商业片。有大气磅礴的战争场面。说起大场面，我觉得周晓文和吴子牛两位导演也是拍摄这方面的精英，我喜欢看周导的《秦颂》和吴导的《国歌》。

一飞　那你希望由哪些演员来演？

晓璇　这个要看导演和制片人。演员肯定是由他们挑选出来的。

一飞　你自己心目中的呢？

晓璇　黄秋生演武丁（笑），姜文或日本的高仓健演傅说，吴镇宇演臣巳，李嘉欣可以演妇好，让张曼玉演母戊，林熙蕾演兰渚，至于妇良，可以找日本的加藤小雪演。

一飞　加藤小雪？你认为她能完成祸国殃民的女性角色吗？

晓璇　凭她的潜质，应该可以吧。

一飞　你看过她的表演吗？

晓璇　只看过她和汤姆克鲁斯演的《最后的武士》。

一飞　可片中她是位淑女形象？

晓璇　我认为只要她是个好演员，喜欢迎接角色挑战，那么一切角色她都能演得很好。

一飞　看得出你是个爱挑战自我的人。

晓璇　对，我希望我的每一部作品都能有所不同，每一部作品都能挑战新的课题。

一飞　如果刚才的假想能成为现实的话，肯定是大投资。三地影星再加上大导演。

晓璇　（笑）是，首先他们的片酬就够呛了，都是百万千万的身价。这个假想，估计太难实现了。找其中两三位演员还行。

一飞　拍成电视剧呢？谁又能胜任导演一职？

晓璇　我觉得把《商魔》改拍成电视剧的难度比较小，一些制片商也是这么认为的。我现在也正写《商魔》的电视剧本。电视剧方面，我想李少红导演应该能够胜任。

一飞　《大明宫词》和《橘子红了》的导演？

晓璇　对，我父母迷她的《大明宫词》迷得不得了。

一飞　好像知识分子都比较喜欢《大明宫词》。

晓璇　差不多，我觉得李导的影像风格华美绚丽，造型服饰典雅优美，而且她的情感细腻，对人性的把握也很独到。我想《商魔》很适合让她拍，因为小说里的东西，比如宫殿啊，人物的服饰啊，转化成影像也很华美的，所以我认为李少红导演绝对有能力拍好它，最好还让她的先生曾念平担当摄影，叶锦添来当造型服装设计。请张纪中先生担当制片人，要不李小婉也可以。

一飞　张纪中？因为他有钱？

晓璇　那倒不是主要原因，首先，我认为他对古代题材比较感兴趣，这从他对古代题材比较感兴趣，接二连三拍金庸武侠剧可以看出；其次，我很敬佩他非凡的魄力，他能调动国内最好的人力物力资源来打造精品电视，当然这也与他雄厚的财力有关，如果张先生打算拍《商魇》我可以不要任何酬劳。

一飞　这么信任他？

晓璇　对。

一飞　拍电视剧你希望谁来演？

晓璇　我觉得陈道明可以演傅说；孙红雷演臣已；电影《生活秀》的陶红可以演妇好；宁静适合演母戊；至于兰渚，可以找《金粉世家》里的刘亦菲演，她的形象气质跟兰渚比较接近。周迅嘛，可以演妇良，要不"万人迷"陈好也可以。

一飞　武丁呢？

晓璇　我现在还没想到。

一飞　没有合适的？

晓璇　这个……因为我看的电视剧不多，对演员的了解也不多。我想应该有合适的，只是我一时还没想到。

一飞　我看你的小说最后还有主题歌词，是不是专为拍电影作品准备的？

晓璇　这是一方面，另一方面我也想把这本书弄的特别一点。目前我们国内书市上同种类型的书还没有这么搞过。我这算是第一次。有位著名的文化经纪人看了之后也对我的想法表示惊喜和鼓励加主题歌词算是我的一些小聪明吧。

一飞　你希望配置什么样的曲子？

晓璇　我希望是西洋乐加上青铜编钟乐。歌曲分三段，开始和结尾是小提琴等西洋乐的演奏，再隐约传来编钟乐声。中间将青铜编钟乐突兀出来估计有几十秒的时间，很纯粹很悦耳的编钟乐。在这编钟乐里再加上女性的低吟浅唱《有美》月出皎兮，远在中天。皓然大方，遍洒殷都。有美一人，舒窈且纠。顾而长兮。美目且清。

一飞　听上去不错，西洋乐和青铜乐的完美结合。那你希望由谁来谱曲呢？

晓璇　谭盾，再也没有人会比谭盾更适合这首歌的作曲了，他编排的青铜乐章很精彩，我以前听过，而且《商魇》日后拍成影视作品的话，里面涉及到的青铜乐也有很多，我建议制片人和导演们可以请谭盾先生来担任全片的作曲。

一飞　谁来唱呢？

晓璇　S·H·E。我比较喜欢这个组合的合声。

一飞　小说里有几首古歌《有美》、《王在》等等，我相对喜欢那首《乾地辽茫》，很有点《诗经》的味道，"黍离青青，牛马扬尘"，"春酒融融，宫俏逶迤"是你自己写的吗？

晓璇　对，写这首民风花了我不少时间。我想让那些男中音歌唱家们把它唱起来，一定很悲壮感人。

一飞　有个问题啊，我从刚开始一直憋到现在才敢问，因为从交谈中我发现你是脾气很好的人。

晓璇　有什么问题请尽管说。

一飞　在小说中，你对人性中的丑恶进行了深刻的批判，一个不到二十岁的年轻人居然如此了解性让我感到很意外，是不是你有过不愉快的经历？比如在童年或少年？

晓璇 童年没什么不愉快的，主要就是少年时期，十五六岁吧。

一飞 上高中了？

晓璇 对上高中了，那三年让我感到压抑而屈辱，我一辈子都忘不了。那是我的梦魇。

一飞 能具体谈一点吗？

晓璇 高中时因为自己的理科成绩比较差，所以本来从心理上就有点自卑，当时全班七十多人，包括我在内有六个本校教师子女。我的成绩在特殊的小群体中是最糟糕的。再加上我父亲当时就教我们班的语文课（沉默），所以我就成了同学们蔑视和热讽的对象。

一飞 我可以感受到你的遭遇，在成长阶段，太多流言蜚语往往可以毁掉一个人。

晓璇 当时就感到天空都是阴晦的，压的我喘不过气来，有些老师就直接跟我父亲说："你那儿子呀，成天不知道想什么。干脆等他高中毕业你托托人帮他找份工作吧。眼见着是没什么盼头了。"

一飞 那他们做梦也想不到你会成为今天的王晓璇，不过我想当时你父亲的心里也很难受吧？

晓璇 是，高三上学期快结束的时候，一个冬夜，我和父亲有过三年来唯一一次谈话。我父亲跟我说：晓璇呀，你有没有想过我现在处境也很困难？我看见你们同学的父母凑在一起兴高采烈谈论子女的成绩时我都会躲得远远的。我能跟他们谈

213

什么？谈你么？父亲说完这句话回他的卧室去了。这是我从十岁以来唯一一次掉眼泪。我发誓那一次哭完我就再也不哭了。天大的挫折和失意我都要忍着。

一飞　男儿有泪不轻弹。

晓璇　去年寒假我回家，我跟我父亲讲，爸，过去三年里我让你损失的尊严我现在一点一点给你弥补上。也很高兴。

一飞　对，这才是真正的男子汉，有志气。高中阶段你的理想是什么？

晓璇　那时我的最高理想就是考北京电影学院的影视文学系，可能现在这个理想对我来说并不是很难实现，但当时它对我来说确实是个梦。我为这个梦痴迷，满世界找关于这方面的教材，幻想着有一天能加入到影视创作的队伍中去。

一飞　为什么后来没考？

晓璇　主要是时间没赶上。其次是因为旁人的说三道四让我心灰意冷。有一次我很诚恳地跟一个人谈了我的理想，他表面上不情愿地附和几句。可到了第二天，他竟然用嘲笑的语气把我对他说的话向全班公布了。一时间我在同学们的眼中成了最会空想的人。那件事真是让我难堪极了。从那以后，我一直沉默寡言。

一飞　在构思《商魔》了？

晓璇　对。

一飞　正因为你在年少时经历，所以你在作品中充斥着对阴暗、丑恶面的描写。

晓璇　不，这些阴暗、丑恶面的描写是从角色出发的，只是作品的需要。我还是向往人性中真善美的东西。

一飞　有没有为读者考虑过？

晓璇　当然有，写的时候首先就想到读者。如果一部作品你再说它怎么怎么好，没有读者接受，那么它就体现不出它的价值。我希望《商魇》的读者越多越好。

一飞　想必你的读者群里大多数会是年轻人，那么你在书中的一些描写会不会对他们产生误导？

晓璇　应该不会。因为现在年轻人的人生观、价值观已经确立起来了，我想他们不会因为一本书的缘故而改变他们原有的理念。我只是想让他们多了解一点。

一飞　你觉得现实吗？

晓璇　我认为也没有什么不现实的，因为了解黑暗会让你更加向往光明。比如像我爷爷奶奶这辈人他们目睹过动荡不安的时期，经历过饥荒年代，他们现在就教育我们，如今的好日子是多么的来之不易，一粥一饭都不应该浪费等等。

一飞　目前文艺界有这么一种说法：文学向影视低头是一种堕落。你对这句话有什么见解？

晓璇　我觉得怎么能说它是一种堕落呢？文学和影视都具有娱乐大众的功能，相比之下，影视占据着更直接、更快捷、受众更多更广的优点。如果文学能与影视珠联璧合，那么既繁荣了影视，又激活了文学，而且又使受众得到更好的审美享受。这样一来多么好啊！我觉得现在就有那么一群人自命清高，盲目排斥文学与影视的结合。

一飞　但是这样的创作动机很功利性，现在讲很商业。

晓璇 其实在美学领域中审美的定义是功利性和非功利性的统一。你写的小说在没出版前是文本，一旦成书，那这个文本就立刻变成文化产品了。同样在这个文化产品身上，它也体现着非功利性与功利性的统一。产品里蕴含的文学欣赏成份，它是非功利性的；它要被别人花钱购买，被人看，被人接受才能实现价值，这就是功利性的。至于商业，我觉得本来商业是件好事，它是将文化产品推向市场的手段，也是必需的。可以尽可能迅速地在大范围内让人知道有这么一个东西，一件事，并且让人有去了解去观赏的想法，但是因为有些人为了最后的经济利益不择手段，而且这种人的数量也不少，打商业的幌子，让大家渐渐对商业这个词产生厌恶感，现在一说商业，尤其在文艺圈，就成了一切向钱看，媚俗、浅薄的代名词，可以讲是一部分人的做法破坏了"商业"的原有形象，我们当然是要按商业本来的意思去做。

一飞 很理论很专业的解释

晓璇 事实上也确实如此。

一飞 对它的销量很有信心？

晓璇 是的。

一飞 要知道现在图书市场不太景气。

晓璇 我相信一个好的作品本身再加上出版社到位的宣传以及良好的商业运作，它应该会有好的销量，《商魇》出版上市后应该会取得一个不错的成绩吧！（笑）

一飞 许多小说，它们往往都是先在杂志上连载或一次性发表后再出书，你为什么不考虑这样做呢？

晓璇 几个月前有七、八家小说杂志其中包括两家全国老牌小说杂志社的责任编辑给我发 E-mail,让《商魇》先发在他们办的杂志上。刚开始我想这么做,可是最后我否决了这个想法,并给这些责编写了道歉信。

一飞 为什么呢?

晓璇 因为目前中国小说杂志业跌入空前低谷,有些大型小说刊物因入不敷出而停办,还有些八九十年代销量很好的月刊,现在他们每月在全国的销量有时还不到一千册。这还没有一本畅销书在一座城市的销量多。

一飞 (笑)有些小说杂志社都快发不起工资了。

晓璇 我觉得造成这个结果的原因有两点:第一就是有些作家根本不去考虑读者的感受和想法,写起小说来故弄玄虚,艰涩枯燥,丝毫引不起人们的阅读兴趣;第二,也就是最根本的原因,一些小说杂志机构的不健全和病态,他们这些机构的主干人物靠着国家拨下来的资金去办只能在他们这小圈子里看的杂志。他们有两个爱好,就是扼杀读者阅读小说的欲望,和抵制可读性强的小说。他们认为真正好的小说,不应该有很多读者,拥有很多读者在写小说这行当里被认为是最下三烂最不入流的作家专利。他们总以为小说是个多么艺术的东西,他们是多么伟大的制造艺术的人。我看小说刊物办不下去,杂志社发不起工资是他们自找的,他们就应该这样。不把作品弄得精彩,不希望越来越多的读者接受,注定要被市场所淘汰。

一飞 那我觉得《商魇》先发在小说杂志上说不定既能获得好评,又可以救杂志社呢?

晓璇　（笑）我想我没那么大本事。就像一名好球星不一定能挽救整场比赛一样。杂志上还有别人的小说，跟我联系的那两家小说杂志社的增刊上面通常也都是三到四个人的小说，就影响力来说，直接出版的小说未必就会输给先发在杂志上的小说，毕竟现在买小说杂志的人少嘛。这些都是我个人的看法，其实我做出这个决定更主要是为了跟我合作的出版社。

一飞　怎么讲？

晓璇　单从经济利益上来看，杂志和出版社都要付给我酬劳，我损失不了什么，可这样一来出版社就赔惨了。现在盗版无孔不入，往往是我先把小说交给杂志社，月刊好一些，尤其是双月刊，办事效率特别低，一个长篇小说要等三、四个月才能发，这样都算比较短的。你知道在这三、四个月的等待时间里，人家盗版商早就把书印刷好上市了，这是什么概念？也就是你这边小说杂志还没发行我那边盗版就开始卖了。盗版书都卖几个月了，正版书才出来而且价格还是盗版商的两倍。比如一本正版书定价十八元，那么盗版书定价九元甚至六元盗版商都能从中赚很多，他们既不需要付给作者稿酬和版税，也不需要到中国版本图书馆去注册，这样就省得了一大笔钱，他们只掏点小钱来印刷就行，确实是一本万利。所以有些文化影视圈的朋友们说，现在干盗版的比干正版的有"钱"途，一个个都是腰缠万贯的暴发户。回到书籍上来，盗版比正版上市早而且又比正版便宜，那么它们之间的较量会是如何？如果这样的话，和我合作的出版社能有很多收益吗？出版社既然信任我准备出我的作品我就不能让出版社赔钱。

一飞　（笑）我刚才说的那样既救不了杂志社又害了出版社。

晓璇　对，两边都不讨好的事情我不干。

一飞　《商魇》的影视剧改编权呢？准备卖给谁？

晓璇　这个都要等到书出版后才能确定。

一飞　那么我想你在《商魇》的前期和出版后的宣传上一定会花不少心思。

晓璇　对，宣传是在作品的商业化运作中最为重要的一个环节。有九位市场营销学方面的专家给我教授关于前、后的宣传策略，在这里我不方便跟你透露，但我可以保证一点，在我和出版社的协调之下，《商魇》的宣传方式和在此以前国内所有畅销书的宣传都不一样，会让你耳目一新，你会发觉这种宣传从前还真没有见过。

一飞　我看了你设计的封面，像电影海报一样，上面还有英文。

晓璇　对对，我追求的就是电影海报风格，这也是我反复跟设计小组强调的。

一飞　英文什么意思？

晓璇　翻译过来就是说："杀戮带来大商的繁荣，还有恶梦，日复一日，直到你死。"在设计这句话时我就想把它弄得跟电影预告片的解说词一样，既简单有力，读起来感觉又很酷。

一飞　那你干吗不把中文翻译直接打印在封面上呢？

晓璇　因为我要追求电影海报的风格，目前大多数电影海报上用的都是英文。另外，封面上的英文也起到了很好的装饰作用。它会使封面很好看。

一飞　那么《商魇》在具体的宣传活动中会使用哪些奇招，你能不能透露一点儿？

晓璇　这个目前没和出版社商量所以还不能先说。不过请你相信，《商魇》的宣传会让你有意想不到的惊喜。

一飞　可以说，《商魇》除了签约、出版、宣传这些外部的工作，属于它本身的事情已经告了一段落了，那你最近在忙什么呢？

晓璇　忙下面两部作品，关于治水英雄、夏朝开国君王的《大禹》和关于西周末年"烽火戏诸侯"的周幽王时代的《原路》。这两部的字数应该和《商魇》差不多，或者多一点。

一飞　都是很久以前的事了，夏商周。

晓璇　对。

一飞　你是一个有着浓重古典情结的人。

晓璇　是的。

一飞　天生的还是后天培养的？

晓璇　应该两方面都有吧！

一飞　那么后天受什么影响的呢？

晓璇　儿时看的古装电视剧和宋元明清的话本小说。我在小学四年级就用半年时间看完了罗贯中的《三国演义》，而且是原版的，古白话语体。

一飞　从小就喜欢这方面？

晓璇　对。

一飞　有没有谁刻意引导你这样做？

晓璇　没有。相反我父母不主张我将来搞文艺方面。像我妈她就想尽一切办法试图打消我这个理想，她就想让我考个英语、电脑什么级的以后好当老师。可我就是喜欢文艺，喜欢看古典的东西，写我也尽量写古代的故事，我写的短篇小说都发生在古代。

一飞　那你还是天生的。

晓璇　（笑）好像有那么一点。我记得我妈妈跟我说的一件事，我一周岁大的时候，家里给我举行了一种仪式，就是在书桌上放各种各样的东西，有零食、秤杆、书本等等，然后姥姥抱着我，让我从桌子上抓一件东西。小婴儿嘛，不懂事，抓东西也是无意识。但是大人们把这种仪式看成了能预测孩子未来的卜卦。比如说抓到糖果糕点的一般长大庸碌无为，抓到秤杆的日后会经商什么的。

一飞　有点像西藏喇嘛筛选转世灵童的仪式，那你抓到了什么？

晓璇　一本书。

一飞　什么书？

晓璇　长大了以后，我父亲告诉我是一本唐诗。

一飞　天生的古典情结。

晓璇　（笑）

一飞　那你不准备写一些现实题材的作品？

晓璇　手头倒有两个，但想法还不成熟。

一飞　反正现在就是要将古典进行到底了。

晓璇　（笑）应该是。

一飞　能不能把下面两部《大禹》和《原路》也谈一下？

晓璇　不好多说，只能少说一点，像《大禹》里面，我会把中国传统思想中的神话人物形象做一些颠覆和重构，比如大禹、尧、舜、皋陶、娥皇、女英等。在我的《大禹》里，他们都是极其普通的人，比如像神话传说中的两个人物形象娥皇、女英，这两位尧之女，舜之妃。她们因舜帝的死哭出了"斑斑泪竹"。《大禹》里她们是和传说迥然相异的人物。就是说《大禹》里对根深蒂固的传统颠覆得比较厉害，要打破人物在人们头脑中固有形象，这是我的一点野心。但它会和《商魇》一样，是部精彩丰富的史诗性作品。现在已经有很多人在关注它了。换句话说，《大禹》的前期宣传已经展开了。

一飞　在"烽火戏诸侯"的《原路》里，一定会有那位令周幽王神魂颠倒的冷美人褒姒吧？

晓璇　有褒姒。但是《原路》里的褒姒会和历史记载截然相反。我会对她的形象做重新的设计，但是会让你在看完之后接受我的设计。

一飞　很吸引人，你不会给她加一段可歌可泣的爱情吧？

晓璇　（笑）这个暂时保密。

一飞　防盗版？

晓璇　（笑）那倒不是。

一飞　《商魇》、《大禹》、《原路》，这三个名字读起来很好听，是不是经过刻意设计的？

晓璇　是的。

一飞　《原路》的命名很有些宿命的意味。

晓璇　对，我认为历史在冥冥之中早就给我们设计好了一条路线，我们再怎么努力也只是沿着这条"原路"进行。《原路》里的任何人，无论是申侯还是褒姒，他们再如何处心积虑惨淡经营，实际上还是逃脱不了仍然要走"原路"的命运，谋事在人，而成事在天！

一飞　你相信宿命吗？

晓璇　我相信。

一飞　你认为历史也是一种宿命？

晓璇　对，而且我觉得我们也处于宿命的支配中，比如现在你我面对面坐在一起，这也是命中注定的事情，我们的谈话以我们的告别而结束，但是谈话的过程会被你记录，而谈话的本身会成为永不再来的历史，其实我们也是历史的参与者，历史会让别人看到我们今天的谈话，历史见证着我们的行为。

一飞　也是，一个星期前我压根就没想到过会采访你。那你认为人可以改变命运吗？

晓璇　在我看来能够改变原有命运的也是他的宿命。宿命规定了他在人生的某一阶段努力并能取得成功，努力奋斗的人也不少，但到头来能够真正改变命运的人却不多。

一飞　这样讲奋斗是没有意义的喽？

晓璇　绝对不是。首先不管你最终的命运是好是坏，我们都要奋斗一番。因为实现你的命运，完成你的历史使命也是你的一种责任，尽管"谋事在人成事在天"，但我们依然要"谋事"啊！我希望相信宿命的朋友也不应该自我放纵，至于那些

223

每天浑浑噩噩混日子的人，可能是因为他们前世太决绝，所以今生总迷茫，人最重要的一点是务实，做好眼前的工作，然后再制定下一步的计划，我觉得目前大学生打工族里的一群人，他们就是不务实。

一飞　那我不同意你的说法。大学生打工既获取了一定的酬劳又增长了社会知识。他们不正是务实吗？

晓璇　我说的是打工族里的"一群人"，你要说大学生打工，比如学计算机专业的去电脑公司实习，学法律专业的去律师事务所做临时顾问，那我绝对赞成，术业有专攻嘛，可我们大学生打工族中的一群人在打什么工呢？你看看吧，在超市里做收银员，在街头发手机传单，在小餐馆里刷盘子，在酒吧里当服务生。

一飞　对，而且这种大学生还真不少。可他们也没办法呀，现在中国的实际情况就是这样，就业压力大，人才需求极度饱和，大学生泛滥。

晓璇　（笑）我认为所谓的"就业压力大，人才需求极度饱和"是一个大大的舆论阴谋，是一些别有用心的人经营的一个大阴谋。

一飞　阴谋？

晓璇　对，是中国中产阶级里的一部分人策划的一场阴谋，他们很清楚这种令人惶恐不安的假消息必然能够在中国的这张大温床上孳生并飞快蔓延。中国有句俗语："好事不出门，坏事传千里。"很快的，这种舆论加上传媒帮凶席卷了全中国，甚至影响到整个亚洲地区。大学生、他们的父母和社会上不明白内幕的人们越来越焦躁烦乱。一些社会问题应运而生，因找不到工作和失业的原因而导致越来越多的人患上忧郁症、恐慌症、神经紊乱之类的现代病，自杀现象也急速增加。去年我看过一个资料，上面的统计数据显示在中国每年自杀的人群中，有将近一半的是年轻人，其中不少是刚出校门的大学生，很残酷啊！中产阶级里的一群阴谋家直接或间接地逼死了很多年轻的生命。

　　一飞　你的观点很新鲜也很令人震惊。

　　晓璇　那你要问我中产阶级为什么要放出这样的一个舆论呢？我说过一切都是宿命，新旧交替是事物发展的必然趋势，而旧势力往往不甘心被取代。我们国家的中产阶级里一部分人就是不愿意被年轻人取代，他们想尽办法扼杀、抵制那些对他们地位有威胁的优秀的年轻人，他们大部分都是七、八十年代成长起来的，可能是由于过去的努力、经历的磨难，深感当今地位财富的来之不易，不愿意看到地位被年轻人所取代。所以他们向全社会放出了"就业压力大""人才用不完"这样的舆论，究其原因，我想只有两个，一是不自信，不相信自己的实力；二是不安于宿命，不甘心被新势力取代，不过历史会证明，他们现在的行为是徒劳的，而且我认为他们根本不必要这么做。因为他们已经实现了自己的价值，完成了自己的历史使命，为社会的发展做出过应有的贡献，而且年轻人也远不是他们所想的那样能够很轻易地取代他们，只有真正优秀的年轻人才能做得到，也少不了艰难险阻。我们也可以静下心来想一想，如果真是像舆论阴谋和社会媒体所说的"人才需求极度饱和"人才都用不完了，成堆成堆地闲置在一旁等着发霉，连捡破烂的人都不例外（笑），那我们中国应该在各行业各领域都是世界第一，无论是在科技上还是文化上，我们都应该出现全世界最多的物理学家、生物学家、电脑学家、经济学家、文艺学家……是不是？人家美利坚合众国现在这么牛还没夸口说过他们的"人才需求极度饱和"，"极度饱和"是个什么概念？那么人才需求极度饱和的中国现在是不是世界第一呢？事实胜于雄辩吧，中国根本就是缺乏专业人才！再说目前'大学生泛滥'简直就是扯淡，滑天下之大稽。中国大学生人数占全国人口比例和任何一个不说发达国家了就是中等发达国家相比都小得可怜。这种不负责任的舆论传播开来使得整个社会对大学生就业忧心重重，我们的大学生和他们的父母也表示，现在工作这么难找，唉，大学生这么多，你有活做就不错了，哪还敢挑！于是一些大学生便很落魄绝望地抢了本应该是初中及初中以下文化层次的人的饭碗。比如我认识的一位同学，他是学计算机信息维护技术的，毕业后到一家机关单位干发报纸，打水扫地的工作，一个月八百多元的工资，他干了几个月也渐渐适应了。和单位里的人吃饭打牌，上班等下班，倒也乐在其中。我不知道他们这家单位当初到人才市场招聘时是怎么想的，他们干嘛要以"救世主"的姿态在大学生里招，还不如到保姆市场里闭着眼睛随便拉一个，保证工资低而且比大学生干得好，让企事业单位领导们很骄傲的大学本科生洗厕所，硕士研究生看大门的现象就是这样造成的，这些单位的大人物们极度地浪费人才，随意地践踏人才，他们"奢侈"到令人发指的程度，他们以为他们单位多么辉煌，连本科生、硕士生都用不着！其实呢？就一草包，有本事进"世界五百强"呀，那么一些大学生抢了初中及初中以下文化层次的饭碗以后，这些人再去抢文化层次更低的人的工作。以致于许多农村的剩余劳动力闲置，对社会治安也产生了负面影响。人才流动可以说有些恶性循环，这决不是危言耸听。而且我觉得有许多有工作的人尸位素餐，占着位置光吃不做事，光靠别人辛勤劳动养活他们这么多闲人。目前这个现象在机关单位里很普遍，我想这也与所谓的"工作不好找"有直接关系，工作位置都被他们吃白饭的占了呀！你们新来的哪有位置，一边凉快去吧！如果把他们这些闲人都踢下去，换一批年轻人，我看谁还敢说"大学生泛滥"了？别说大学生是年轻人，没经验。你连机会都不给他们，他们永远也不可能有经验，只可能有在社会底层挣扎的痛苦，那叫什么经验？社会经验吗？我看也不是。太多的伤痛会使人意志消沉，会使人绝望。更何况是一个年轻人呢。在现实生活中伤痛太多根本不可能让你振作奋斗，只可能让你目睹社会的黑暗与人生的悲惨，加速你消沉颓丧的速度。什么"伤痛越多的人越会积极进取"这样的说法都是唬人的大道理，空口号。你身上伤痛这么多，创口溃烂，鲜血淋漓，奄奄一息，你还有心情去奋斗？在生活中，伤痛肯定会有，但我不希望它太多。目前中国有这一批所谓的"大学生就业指导学家"一本正经地教导我们，大学生不要把自己看得过重，调整好心态先找个工作干，哪怕是与你所学毫不相干的工作。慢慢来，干上个几年，积累点经验，然后再寻找和你的专业相关的工作。可笑的是，他们在私底下怎么不这样教育自己家的孩子？很多大学生都听信了这种"指导"，既赔了钱又走上了歧路。我觉得这些搞就业指导的拿了这么多钱却一点都不了解大学生。确实，经历过改革开放，拨乱反正，高考制度恢复后的八十年代大学生傲气凌人，自恃颇高，因为那是个理想主义精神旗帜高高飘扬的年代。每个大学生都意气风发指点江山北望神州路，把一切都不放在眼里。可正因为当时他们为了理想奋发图强迫切想改变生存环境和国家状况，所以如今他们成了中国的脊梁。而现在的大学生呢？根本不是把自己看得重而是把自己看得太贱。整天畏畏缩缩，被就业压力弄得没有一点精神气儿。连理想和尊严都不要了。刚进大学门就想着打工，赚钱。可事实上社会上的人对现在的大学生们又是怎样一种看法和评价？如今在大学生里流行这样一种说法"在社会上都不敢跟别人说我们是大学生，害怕掉价，说是大学生我们自己都害臊"。还有一些在外打工的大学生回学校跟我诉苦说他们现在里外不是人，在外打工时，别人嘲笑他是个学生，没经验；回到学校上课时，同学们把他们划入"一只脚踏在校园的社会人"的行列。在我看来这是悲哀的事情。像上述情况三四年前就有了，现在愈演愈烈。大学生们如果还不正视自己的价值，不重塑自己的理想，那么无论对于自身，还是整个社会、整个民族的发展都不是一件好事，后果不堪设想。我希望和我一样的大学生朋友们在看待工作和自身价值方面，既不要好高骛远，更不能妄自菲薄。

一飞　（笑）很精彩的演说。把我先前的三个观点一一枪毙了。确实很有道理。

228

晓璇 我提出上述的观点我觉得也是作为一位作者，作为一名大学生应当承担的责任和应该完成的使命。我提出来了，使命也完成了。最好不要像辛弃疾在《水龙吟》所说的那样：落日楼头，断鸿声里，江南游子，把吴钩看了，栏杆拍遍，无人会，登临意。希望大家能够参考我的观点。十年后的世界是属于我们的。

一飞 通过这两个小时的谈话，我发现你是个特别有想法有主见的年轻人。我很佩服你。

晓璇 谢谢。男儿何不带吴钩，收取关山五十州，我喜欢这句诗，我非常欣赏作者李贺的气魄。

一飞 （笑）我也觉得我们还是奋斗会比较好。不然如果本来死无全尸，再不奋斗，最后只剩死无葬身之地了。

晓璇 （笑）

一飞 我们工作室的同事看过《商魇》的清样后都表示很喜欢。他们都很期待《商魇》的书和影视作品的问世。听说我要来采访你，他们特别嘱咐我问你多要几个签名。

晓璇 （笑）没问题，非常荣幸。

一飞 很感谢你接受我的采访。祝你的《商魇》大获全胜。同样也希望在你为下一部作品《大禹》做宣传时，采访你的还是我。

晓璇 有缘的话一定会的。

下了茶楼，我帮他叫了辆车，和他挥手告别。只两个小时，我们似乎已经成为有着深厚交情的老朋友。我坐上老编

"御赐"的工作车，回总部。

　　靠着窗户，看着西安城楼上悬挂着的夕阳，天色是金黄的，都六点钟了，还是很热。回味起刚才的访谈，在王晓璇平和而舒缓的叙述中，我似乎真的被他带回了遥远的商朝。武丁、雁宫怀、傅说、母戊……如在眼前，仿佛伸手就能触到他们的脸。我伸出手，却触到了司机大哥的脊背。再往外看，似乎周围的建筑都成了商朝的宫殿，西安变成了三千多年前的河南安阳。我想这个年轻人必定会成为中国文坛上一颗耀眼的明星，也一定会为中国电影事业的发展作出他的贡献，像他的目标李碧华一样。我期待着他的《商魇》、《大禹》、《原路》和由这些书改拍成的电影问世。

　　可以给老编交个好差啦，而且又多了一个可以拿去逗女儿开心的关于商朝的好听的故事，比如傅说和兰渚，她一定很喜欢。

狂 人 日 记

——资深青春文学作品评论家陈轲"口出狂言"

我不是轻狂的人，不是狂妄的人，更不会吃人。

大约在现如今的社会，敢说想说的话，别人就会说你"狂"。如果你年轻，那更是年轻气盛，不经世事。至于你说的到底有没有道理就另当别论了。这是态度问题！

我在这先认了，我就是"狂"人，下面的话才会比较好说。

关于一个不认识的年轻作者写的《商魇》这本书，我指的是小说本身，至于前面的序后面的评论以及"买一送一"的《抑欲》那都不算，那些只是为了让书比较像本书，最好像本人家愿意掏钱来买的书去做的，与小说无关，至少我认为。

转回来，小说本身到底如何，用了什么所谓的手法，大家会不会看到我想表达的，天知地知我知，总之《商魇》好看就行，我不再废话。

小说是故事。如果有人要批评这个作者在编造，那么请你安静。鲁迅先生都说过小说未必是既有的事实，只要是可能发生的即可。我记不清楚了，大概意思是这样。

都是故事，都是编造，那就看谁编得好，编得有意思编得让大家高兴。哪怕是你完全编都有"魔幻主义"之类的专门派别。所以风格暂且放下，可以表达自己想要表达的就行。历来的某一流派的创始人当时都未曾以为自己可以自成一派，那些都是后人封的。我们有些评论机构或出版机构的"专家"们就爱死人怕活人，把已故的前辈树立为经典，一律捧上天。哪怕是在当时社会只是末流作者的，也给他一项"大师"的帽子。而对于现在年轻作家的作品则一百个瞧不上，不管写得如何，就是抵制你，打压你，用很滥的借口诸如"你不成熟"、"你没有风格"之类的不让你露面，这样做既显得自己有文学欣赏鉴别能力，又不会被新人比下去，说不定再过个几十年自己也能"熬"成个大师当当。这大概就是一些新生作者销声匿迹的原因吧！

再说内容，小说自然应该涉及生活的各个方面。小说从属于文学，文学源于生活，自然不是只有男男女女、情情爱爱。可现在很多人，无论是作家协会机构编制内的还是社会上的业余作者只会写这个，而且写得不怎么样。中国有句古语"饱暖思淫欲"，我看像目前这种文学就是解决温饱以后的文学，而今却充斥于整个文化市场，泛滥成灾。倘若有些相比之下较为冷僻的题材，比如历史，比如文化，比如家长里短，先不管书写得怎么样，一定会有些出版机构的编辑、审查人员站出来说这个恐怕读者不爱看。老兄，我想是你自己不爱看吧！

怕读者不爱看，这应当算是抵制好小说、好作者的另一招"杀手锏"。

而语言，更是奇怪了。大师华丽就好，到了你这儿就是堆砌词藻；大师朴素也好，而你就是土得掉渣；大师飘逸还好，而评价你呢？压根儿不着边际。大师暴力、情爱当然更好，可你就是思想品味有问题。奇怪！

现在的出版界，最热爱也最容易回绝年轻人的小说作品。我粗略地归纳了一下，无非就这几个理由：1、你没有名气；2、你的内容不热门；3、你的语言太（A、简单、直白；B、重复、堆砌；C、俗气、沉闷；D、文气、稚嫩）。比如我了解的东北那家因推出过某书狂卖后从此说话办事无比牛叉的出版社总会选择内容不热门的理由。

这些现象同现今的小说市场也有着直接的关系。

不可否认，小说出版成书，作为一个文化商品，一定要考虑市场。但如果只考虑市场那就可怕了，我个人认为中国的诗歌大约就是因为没有"市场"而逐渐在文坛上气息微弱了。说起市场我看杂志上讲美国人为了钱，重视起"粉红经济"，也就是同性恋消费群体。刚开始还只是尝试运作，现在已经大力宣传了，同时他们的"同志"人数激增，这应该说是市场起作用了，但是我很担心他们将来可能是三四十年代左右会出现"人口负增长"，还有一些相关社会问题。我始终觉得既然万物皆有雌雄，同性大行其道似乎不是个好兆头，而且长久以来形成的一种认知体系一旦被打破，其后果往往是灾难性的。

同样说市场，日本这个特殊的国度让他们的市场上暴力作品盛行。他们最大牌的，也是深受观众认可的导演如深作欣二、北野武、三池崇史等都是以拍摄血腥暴力电影著称的。同时日本黑社会性质的社团人数逐年递增，以致于虽然被称为"全世界最好"的警察也无法使日本社会治安稳定。这不能说与他们的市场引导没有关系。

在中国，我们看到的畅销小说有不少是所谓"身体写作"的人搞出来的作品，是不是让未来的孩子认为人生只要有饭桌、厕所和床就达到目的了？最多再加些尼古丁和酒精，偶尔有些粗口？

大约为了市场，让小说按照市场要求来，慢慢的就会只有市场小说，到最后连市场也厌倦了，那估计小说就会像诗一样从历史舞台上"下课"。

以上就是我们小说创作、小说市场的现状。

究竟是我们决定市场还是市场决定我们？似乎不应该有这样的疑问，但现在活生生地摆在了我们的面前。对于小说，确实已经到了生死存亡的关键时刻。

我们的国产电影曾经因为不考虑市场而差点毁掉。而我们的小说如今却因为太考虑市场也有将被毁掉的危险。中国电影在一大批孜孜不倦的电影人的努力下已经有了很明显的上升趋势。我们的小说要不要改变现状呢？我想要改，这是每个小说工作者的责任和义务。

我们的市场，我们的读者是否真的只爱看缠缠绵绵小情小调，是否那些想对得起小说的作者创作出来的作品就真的没有市场？不是，我身边搞小说评论的人都很少或不看小说了（这的确有些讽刺意味）。我问他们原因，他们表示因为现在没什么可看的了，都是写些儿女私事，婆婆妈妈，太多太滥了。那么这部《商魇》，抛开其它不说，至少它在叙事领域上面进行了大胆的突破和创新，这是值得我们借鉴和学习的。

谈到小说本身，有一点可以确定，畅销书未必是名著，而名著大都畅销。显然，市场还是需要比较本质的小说，名著就是大家公认的文学巨著，然而就像我说的名著的作者当时并未抱着要写名著的念头来创作的，仅仅只是负责写好就够了。对于年轻的作家，我们应当多一些宽容；对于市场，应当多一些正确分析和引导。

外一篇：

抑　欲

——作者向大岛渚导演作品《御法度》致敬

昨天晚上一直没有入睡。因为想仔细听听下雪的声音。雪这个万物的精灵悠然地降临人间，飞舞着，奔向大地的臂弯。它们吵闹的声音听起来让人觉得舒服。

寒空中飘着渺茫的演歌，悲抑绝望的气息。

秋风瑟瑟天气凉
有家难归心悲苦

纷纷洒洒下了一夜的雪。清晨起来才发觉京都是这样的美。啊！新年又快到了。我仿佛闻到荞麦面条的香味。

我第一次来到这绮靡迷人的京都。我的家乡在离京都很远的中州。那里是蔷薇盛开的地方。儿时读过的古老书籍《云式物语》中提及的"蔷薇盟约"这个故事就发生在中州的长屋。

为了更好地效忠天皇陛下，幕府设立了"御选组"。从各地招募三十位刀法精湛的武士、家臣编成一队，准备随时听候上级调遣。

经过三天的比武选拔，我从九百名武士中脱颖而出，顺利进入了"御选组"。离开中州之前，我曾对"御选组"抱有斑斓多姿的幻想。我认为凭借自己的实力完全可以实现自己童年的理想。我的祖母是一位儒者的女儿，祖父则是当时著名的武士柳原真田。柳原家族的历史源远流长，早在战国时代就以漫土滩一役立下显赫战绩。七岁时，我跟随祖父学习"川泽近之流"刀法，十二年来，我就对祖父的刀法领悟颇深，同时也塑造了一个目标。但是当我真正加入"御选组"之后，我才发现这只不过是一个乏味呆板、令人诅咒的武士集中营。

幕府法令——不准擅自离开"御选组"。不准向人借款放贷。不准泄露幕府内部制定的机密。不准与外界存有私情。不准亵渎武士道精神。不惜任何代价效忠皇帝。如有违背上述法令之一者，死。

法令颁布的第三天，我和我的剑道师傅粟田次一郎接到武田丰正大师的命令，处决武士弘家。因为弘家在京都谷藤屋醉酒后向那里的妇人透露了皇帝计划年初远征这一秘密。在粟田挥刀的一刹那，我感到他砍杀的不是弘家，而是我自己。鲜血如岩浆般喷发，弘家的头颅欢快地顺着台阶滚到了丰正大师的脚下。丰正喝了杯清酒，神经质地笑了几声，转身走了。

沉闷的空气令人窒息！一群自以为"精英"的蠢材在"御选组"这个封闭的小圈子里做着小儿的游戏。什么是真正的武士道？任何人都把这三个字挂在嘴边，可没有谁能从本质意义上把他解释清楚。也许我们伟大的皇帝也不行！

说这句话的是武士竹内通矢。他躺在榻榻米上忿忿地咒骂。正在擦拭佩刀的我听了，心里不禁一喜。

好。计划开始了。

弘家死后，"御选组"又来了一位新成员——司原宾平。从武士谱上查出：宾平的父亲司原男野是中州一地小有名气的俳句师，而母亲则是织田的艺伎，从良后相夫教子。说起来，宾平算是我在森严郁闷的"御选组"里唯一的同乡。

宾平来到"御选组"那天，细雨迷蒙。京都赭石色的街道被濯洗得洁净如镜。当宾平修长柔软的手指握着武士刀走进幕府剑道馆时，几乎所有人都用异常暧昧的眼光打量他。大家望着他乌黑润湿的头发、桃花的唇、泉水的眸和团粉的腮，心中居然升腾起了一股蠢蠢欲动的烟雾。

宾平的刀法似乎到了无人能及甚至可以说得上登峰造极的地步，连武田丰正大师都败于他的刀下。于是司原宾平顺理成章地进入"御选组"。奇怪的是，宾平这家伙都十八岁了，光洁饱满的额头前还留有一抹顽皮灵动的刘海。

你听说过吗？宾平。弘家死后，谷藤屋外的落生桥上有一位身穿黑色和服的女人对着长流水彻夜饮泣，声音哀怨凄绝。妓馆的花魁也有如此重感情的啊！我真羡慕弘家，他能有这样一位红颜知己。

说完这段话的竹内通矢当晚就钻进了宾平馨香舒软的被窝。然而宾平用短刀抵住了通矢的喉咙。

你不想和我好了吗？通矢迫不及待地问。

宾平摇了摇头。

为什么？你有相好？女人还是男人？

宾平不语。

通矢悻悻地说，我猜他是个男的吧！

宾平微笑，他笑起来的时候更加俏美，而眼神愈发漂浮，像烟又像雾。

通矢很失望，是不是男的？哼，他居然捷足先登了。宾平，我……

始终无语的宾平拿刀逼走了竹内通矢。

通矢提着松弛的黑裤长久地伫立在那里。朦胧的月亮的光华倾倒在他身上。通矢的神情黯淡而又不甘现状。

假装睡觉的我眯起眼睛看到了这一幕。

三十位倦怠颓丧的武士在"御选组"里重复着单调的练习，日复一日。

宾平默默的，低着头在欲望如山的男人之中来回穿梭，背后是一对对莫名、焦灼、渴求的眼光。通矢想靠近宾平，但始终搭不上腔。通矢找过他好几次，可每次都是被一把短刀从暖烘烘的被窝里赶了出来。通矢迷惘无比。你到底爱慕男人呢？还是女人？通矢经常问宾平这句话。

宾平紧闭着鲜嫩粉红的嘴唇。优美的唇线延伸了通矢日益积累的情欲。

我看见娴静雅致的宾平时常望着我微笑，眼神妩媚多情，仿若女人。

粟田次一郎也在打宾平的主意。因为他经常主动找宾平说话，言谈时眼睛透露出一种占有的欲望，就像他曾经疯狂地追逐那些风骚的歌舞伎时一样。而在次一郎面前，宾平始终保持明媚盈盈的笑靥，淙淙山泉的双眸动人心魄。

竹内通矢心里很酸涩。他不可救药地陷入对宾平的痴迷狂恋之中。尽管宾平对他不理不睬。

对司原宾平持有别样眼神的还有一脸严肃的船静攸圣大师。其实弘家死后，曾有五十八位顶尖高手参加"御选组"的选拔，可船静攸圣大师只定了宾平一人。间中道理不言而喻。入试时的那场比武，可能只是障眼的把戏而已。

六十岁的元老级人物船静攸圣大师也会……武田丰正不解。

计划正在进行。

宾平进组的两个月后，德川剑道馆。"御选组"建组以来的第一场比武开始了。由船静攸圣和武田丰正两位大师监督。春日温暖，室内明亮，衣着统一的武士分两列跪坐在木板地上。不知是巧合，还是别的原因，竹内通矢被安排与司原宾平切磋。通矢茫然地望着宾平，不知所措。令人不可思议的是，宾平第一次对通矢笑了，笑得脸上桃花盛开，妖娆美丽。

每个人都以为通矢绝不是宾平的对手，但深情对望的两人缓慢碰击的武士刀奏出的缠绵乐声却证明——司原宾平输了。

在大家的困惑声中，屋馆外樱花树的花瓣被春风吹得袅袅飘落。

武田丰正大师好像猜出了什么，宾平是故意让通矢的。怎么回事？莫非他们……好上了？他看了看船静攸圣，攸圣的老脸凝固而呆滞。

噢，大概他们好上了。丰正想。

我心里暗笑。

七天后，宾平与通矢相爱的消息像瘟疫一样在"御选组"肆意漫溃。幕府里的高层也都知道了这件事情。

难道是真的？消息又是谁传出来的？丰正大师疑惑不解。

傍晚，天边燃烧起血红的云霞，我在清澈透底的方水河中叉鱼。丰正满脸倦容地向我走来。

您有什么事吗？丰正大师。

噢，没有。幕府空气混浊，不利呼吸。出来透透气。你的家乡在哪儿？

中州。我穿上潮湿的木屐。

那你和司原宾平是同乡。他摸着微秃的头。

你听到有关宾平和通矢的事情了吗？他又问。

嗯。我点了点头。

你对这件事情有什么看法？

我玩着叉上来的鱼，说：那是他们的事，与我无关。

怎么，你对宾平不动心吗？他在试探。

您知道我不热衷这方面。我望了望丰正。

八十七年前的君治时代，天皇喜好男风，就像中国的明武宗朱厚照，在王宫豢养大批的俊美男童。武士相恋之风一时间在幕府盛行。武士们日夜淫乱，沉沦萎靡。整个武士集团中的成员为了获取美男的身体而反目成仇。丰正大师凝视着波光潋滟的小河说道。

我心头掠过一丝不安。

告诉你一个秘密，有人想纵火毁灭京都。

纵火？什么意思？我问他。

一个喻意。新起的后生代野心勃勃，想杀死天皇，重组幕

243

府。真是胆大包天！

武田丰正的脸颊因愤怒而泛紫。

您是怎么知道的？我急忙追问。

他没有回答。

河水中倒映着斜坠的夕阳，瑰丽的火烧云终于熄灭了。

难道……

丰正有些狐疑地盯着我，半柱香的时间才说，难道宿命在八十七年后即将轮回？

您是铁杆的保皇派吗？

可惜丰正大师已经走远，没听见我的喃喃自语。他走路的姿态像一只萎靡不振的老虎。

我感到有点不对劲。也许是我多虑了吧。

不知道为什么，"御选组"乃至整个幕府都有了一丝骚乱，隐秘的。皇帝的远征兵败阵的消息开始在京都的上空蔓延。

自从那次比武之后，通矢这个满脸疙瘩的长崎人便开始沐浴在司原宾平娇艳美丽、春情无限的笑容中了。逐渐的，他们在众人面前出双入对，形影不离。幕府里的人把这件事当做茶余饭后的谈资，甚至在练习的间歇都要三五成群地凑在一起去猜测他们是否有过翻云覆雨之乐。

很多人把通矢视为眼中钉，粟田次一郎就是其中一位。他和我探讨刀法时常常心不在焉，以前抖擞的精神荡然无存。

一个近乎于完美无瑕的男人挑逗起幕府里所有男人侵略与征服的欲望。

船静攸圣大师一天清晨对着穿衣铜镜说出这句话来。

计划顺利地实施。

井花明居酒屋。粟田次一郎和司原宾平相对而坐。木案上摆放着酒食，细白的鲅鱼寿司和考究的青瓷酒杯在柔腻的火光下散发着神秘而详和的色泽。

宾平，宾平。看着我。

宾平抬起头，依然是那双柔情纯洁的眼睛。

你真的和竹内通矢共枕了吗？次一郎抓住宾平白皙温暖的手。

宾平没有拒绝，笑而不语。

唉！"御选组"是个压抑人性的地方。没有你的存在，我简直无法在这里呆下去。

宾平脸上挂着媚人的笑，秋水多情地看着次一郎。

宾平，我想揽你入怀。我迷恋你乌黑浓密的头发和润湿秀美的眼睛。宾平，让我们一同聆听夜虫的欢唱，一同欣赏晨曦时的莺燕啼鸣。

次一郎野兽般纵情地蹂躏宾平凝脂般的身体。他完全瘫软在宾平肉嫩汁丰的脊背上。他身子底下的宾平眨着寂寞的

眼睛。

木屋外下着淅淅沥沥的细雨。半道旁的槐树叶子享受着如情人般深情而无微不至的抚摸，从叶柄到叶尖，冲洗得一尘不染。大路上人迹寥落，偶尔有几个佝偻的披着蓑衣头戴斗笠的轿夫抬着挂有红灯笼的竹轿闪过。红灯笼上写有"景春府"的字样。轿子里面坐着可供景春府里的达官贵人享用春宵的纤美麻木的艺妓。那天，宾平和次一郎在居酒屋呆了整晚。

细雨持续了六天。京都的天气就是这样变幻不定。

船静攸圣大师也将离开"御选组"一段时间。他要随同天皇的远征军再次出征。

这次去，想带谁作助手？丰正大师笑着说。想必船静君要带宾平吧？

两个老家伙都古怪地笑了起来。

武田君，宾平那张桃花脸真让人眷恋呀！船静攸圣斟了杯酒。

是啊，宾平把所有人都吸引住了，特别是竹内通矢和粟田次一郎，简直被他勾去了魂魄。明争暗斗，都想把对手致于死地。

没想到。女人姿色惑人尚可理解，没想到男色也误人呀！对了，宾平多大了？

有十八岁了吧。

那他怎么还留有刘海？你找个时间帮他把刘海剪掉吧。

好的。

这次出征带上柳原藏真就行了。幕府真是一日不如一日了，尽是些乌烟瘴气。

我也有同感。

武田君，在保皇这个问题上，你我见解一致。一定要小心谨慎。

船静攸圣离席时留下了这句话。

临走那天，我远远望见宾平一个人痴痴地站在落生桥上，身影单薄瘦弱。我突然有种想去拥吻他的冲动。奇怪，难道我也对他着迷了吗？

我离开"御选组"的那段日子里，"御选组"出了一件大事。它使得幕府上下甚至皇宫都乱成一团。

次一郎暴死！

六月三日，脚夫打完二更鼓时，次一郎被隐藏在草丛中的蒙面人从背后砍了四刀，当场死亡。

据目击者行脚僧千冈夫盛说，当晚粟田次一郎在居酒屋灌得酩酊大醉，行至半外道时，被人谋杀。行脚僧见此，大声疾呼。杀人者闻风遁逃，惊慌中落下佩剑一把，上面刻有幕府的标志。

全府进行严密盘查。最后查出竹内通矢的佩刀不见了。可通矢却矢口否认杀了次一郎。

没人相信。狡辩的竹内通矢一定是为了从粟田次一郎手中抢回司原宾平才暗起杀心的。

于是竹内通矢被囚在牢中，听候处理。

在战场中丢了一只胳膊的船静攸圣带着我回到了幕府处理这件事。远征军在战场上节节溃败，我们的天皇陛下也吓得终日躲在王宫里。本打算让"御选组"进驻皇宫保护天皇，没想到出了这样的事情。

你不要伤心。宾平，我一定会出来的。

通矢安慰靠在囚门边哭泣的司原宾平。通矢伸出手来抚摸着他嫩滑柔软的脸颊。

他们不会拿我怎么样的。

黑夜，跪在地上的我拔出武士刀。刀片像冰块一样寒冷。

谷藤屋里演歌之声大作，五颜六色的和服与白嫩嫩的手在船静攸圣和武田丰正的面前旋转。脸庞涂抹得很惨白的艺妓惠辰光演奏着尺八，渗露出绝望悲抑的气息。

　　　　秋风瑟瑟天气凉
　　　　有家难归心悲苦

船静君。为国杀敌辛苦了！我敬你一杯。

船静攸圣一饮而尽。

我们大和将士是有武士道精神的！

丰正大师点头。

只要天皇不下诏退兵，我们一定会与敌人血战到底。我这次回来是专门处理竹内通矢这件事情的。

船静君有何看法？

次一郎之死震惊了皇宫！绝不能轻饶了竹内通矢。

但我感觉好像不是……那么，你打算如何处理通矢？让他剖腹自杀？

嗯，我在考虑，司原宾平也不能留在"御选组"了。他是个孽根。干脆这样，先把通矢放出去，以酒食安慰。然后让宾平趁其不备，击杀。让他们两人交手，就算宾平一时不能杀死通矢，气疯了的通矢也会结果了宾平。宾平死了之后，我们就具备了充足的理由让竹内通矢自尽。武田君意下如何？

丰正大师转过头来跟我说，你去秘密通知宾平，让他操刀执行。

是。

你刚刚说好像不是什么？船静攸圣大师追问武田丰正。

没有，没有什么。

落生桥上，我告诉了司原宾平这个决定。宾平低着头，抚摸着朱红油漆剥离的桥栏。他柔情而又哀怨的目光欲言又止。落生河水载着淡雅的月光潺潺流动。

别走。

宾平拉住了我的手。

椒隐山的深处回荡着幽微的喘息与哭泣。

七月七。二更天。银色的圆月撒给大地线线光辉。我和武田丰正大师守候在畸代坡上的樱花林，遥望着对面的落生桥。因为再过一会儿，司原宾平会把竹内通矢引诱到桥头上。

看着草地上斑驳的树影，丰正大师问我。

藏真。知道今天是什么日子吗？

什么日子？

在中国，今天是"七夕"节，为赞美牛郎织女的爱情而定下的节日。相传在中国古代，身为天上神仙的织女私自下凡，遇见牛郎。两人互生情愫，结为夫妻，男耕女织，恩爱和睦。后来王母娘娘闻知此事，大为愤怒，把织女抓回天宫，只允许两位有情人每年相见一次，时间就定在七月七日。每到这天夜晚，成千上万只喜鹊搭成虹桥，联通天上人间。牛郎和织女于鹊桥相会，互相倾吐思念之情。而地上的男女也在七夕节结为连理。

真美啊！武田大师您真是博学多识。

我一直都在研究中国的历史。也许在我临死之时，天皇的军队会开进中国这块神秘的地方。藏真，你的家乡在……

中州，以前我告诉过你。

中州。对，记得小时候，牙齿都快掉光的祖母给我讲过一个《云式物语》中的故事，至今我仍记忆犹新。这个故事就发生在中州的长屋。

是"蔷薇盟约"吗？

对。故事的开头是：中州的每个角落都盛放着蔷薇。蔷薇盛开的季节，满野厚实凝重的色彩仿佛红色油漆刚刚倾泻下来，猛烈地撞击人的眼睛。故事的内容是这样的，两百年前，武士石井久一前往大阪的途中结识了中州长屋的学者川良京。两人甚是投缘。于是川良京在家中摆满蔷薇花，斟满烧酒，和石井久一结为兄弟，发誓生死与共。他们还相约来年的这个时候仍在长屋相聚。可是半年之后，武士久一在大阪青独暮苍屏寺与二十八名挑衅的浪人恶战时，不幸身亡。川良京却不知道这个噩耗。第二年蔷薇花开时，他和老母依然在家中摆满蔷薇，安排酒食。母子俩从旭日东升一直等到了中天的月亮也不见武士来。学者让母亲回榻休息，自己仍坚持站在门口等候。三更天的时候，川良京看见一团模糊的人影向他走过来。学者迎上去，见石井久一浑身是血。久一说：兄长，并非是我失约，而是因为我已经成了阴界的孤魂。我长途跋涉来到这里，只为了见你一面。川良京大悲，跪拜母亲后拔刀自尽和武士形影相随。武田丰正大师说完，陷入了沉思。

听着"蔷薇盟约"的故事，我想到了自己。

丰正说，这则故事告诉我们，应该与守信讲义的君子结为知己。

我不这样认为。我以为"蔷薇盟约"讲述了两个男人之间的爱情。他们为了爱情和理想舍弃了自己的生命。

251

　　我后悔一时冲动说出了这样的话。

　　无法理解你居然有这样的想法。丰正摇头。

　　几声夜鸟呓语，远处的司原宾平已经带着竹内通矢来到了落生桥。丰正大师见状，快步向那里走去。我尾随其后。

　　我的心惴惴不安。看来我把自己暴露了。我作好了牺牲一个人的打算。

　　不知何时剪掉刘海的司原宾平拔出刀，残忍地向通矢砍去。一刀。

　　罪犯竹内通矢身负命案，武士司原宾平将其处死！

　　说这句话时，宾平的脸上依然是繁花盛开，像是和通矢开了一句玩笑，像是和通矢撒娇。

　　宾平！为什么要这样！

　　痛苦的通矢连忙拔刀。

　　粟田次一郎不是我杀的！

　　宾平砍断了通矢的左手。

　　天知道我那把佩刀被谁拿走了！

　　三刀。鲜血喷薄。

　　宾平！你这个妖精！不得好死！

　　司原宾平绽开了可爱而悲凉的笑容，里面饱含了对通矢自作多情的耻笑。

　　第四刀让通矢白红相间的脑浆涂在了绿油油的草地上。

　　宾平脸上的肌肉不明原因地抽搐了几下，离开了落生桥，扔下了那把沾满鲜血的长刀。

暗中观察的武田丰正问我，宾平砍最后一刀时跟通矢说了些什么？

我摇了摇头，宾平那句话说得很小，我也没有听见。

或者他留刘海的目的，是为了向心上人表明自己至死不渝。《昭纷花部》这部异俗书中曾有这样的记载：在中国的春秋战国，楚王安陵君不顾三公九卿的劝告，为男宠卫灵公保留刘海一直到死。而到了明代，长春院里的俊美男童少弥为表自己对明熹宗朱由校的忠贞，苦留刘海七年，直至被接入宫中。这种情况日本也曾出现过。每年的七月总有若干神秘男女相会在椒隐山下。女为男留刘海，等两人交合后，男为女剪去刘海。

我很紧张。满眼稠厚的红色，是密密的蔷薇花。四只光脚丫在织田桥上奔跑。耳边是呼啸的风声。飞鸟自由地滑翔。两个少年紧紧相拥。

武田丰正大师，我决定回中州织田看望父亲，先走一步了。

我找了一个借口，逃走了。可昏了头的我又露出一丝破绽。

远方朦胧的山脉沐浴着如水的月光。突然，空气中传来一声司原宾平的惨叫。

始终握着刀的丰正踱着步子，慢慢往回走。

噢！我明白了。武田丰正恍然大悟。宾平对粟田次一郎和竹内通矢都没有感情。柳原藏真，他爱慕的人是你！他和你一定在中州织田就已私订终身。他为了"蔷薇盟约"似的爱情，甘愿舍弃自己的身体和情感，去完成你的蓄谋已久的计划。你就是想成为京都纵火者的其中一员。你利用宾平的男色，在幕府掀起轩然大波。这样一来，幕府就会渐渐瓦解崩溃。幕府完蛋了，离杀死天皇的日子也就不远了。你的阴谋策划得很完美。

微秀的武田丰正走到司原宾平的尸体旁。这样能激起武士们潜藏欲望的俏脸，马上就要埋入土中了。宾平沾着泪珠的脸孔在月光下越显清秀。

唉！妖娆的宾平永远得不到"蔷薇盟约"似的爱情，因为他交结的不是讲义的君子。

丰正唉了口气：宾平，藏真欺骗了你的贞操，把你推向漆黑的深渊。

武田丰正抽出武士刀，向一棵樱花树砍去。

织田河水孤寂流动。

桥上空荡荡的，只剩下呜咽的寒风。曾经的伴侣再也不会站在上面互倾心语了。

司原宾平杀死竹内通矢前说的话没有人听见，也许只有死去的两人心里最清楚吧。丰正收刀。

轰的一声，樱花树倒下，被夜风吹起的花瓣纷纷洒洒，飘在好似雕塑的武田丰正的身旁。

我想起了新年前的那场铺天盖地的大雪。

互·动·平·台

当您劳累了一天，感到喉嗓干涩时，建议您拈一颗胖大海放到口杯里冲上热水，过几分钟您会发现已经吸水膨胀成乌黑硕大的花簇，而这时水中也蕴含了丰富的清凉润喉因子。觉不觉得《商魇》也像一颗胖大海，在您无限想象力的冲泡下，已经形成了一座金碧辉煌的理想殿宇？谁又是您最喜爱的人物形象？很多读者朋友都期待《商魇》能够早日拍摄成影视作品，我们和晓璇也正在积极筹划中。那么您认为把它变成影像时应该注意什么，那些人物需要多写，哪些原著中埋伏的有意思的线索可以重点发展，甚至哪些演员可以饰演剧中人物？这些您都能够和晓璇畅所欲言。

如果您的想法有创意，还会收到晓璇亲自送出的礼物呢！

信件请寄至： 北京市复兴路 4 号当代世界出版社（信封背面注明"晓璇互动"就能保证它会平安地到达晓璇手中）

邮 编： 100860

晓璇电子信箱： yiyu123321456654@yahoo.com.cn

正因为《商魇》内涵丰富的缘故，所以除了影视剧，我们还有计划把它发展成一系列的衍生作品，比如漫画、电脑游戏……现诚意邀请国内的漫画高手与我们强档组合，把它变为一套三本的漫画作品。假如您的漫画才华得到大家的认可，那么您就可以独立创作《商魇》的漫画版了，前途无量哦！赶紧拿起画笔建造您心目中的商朝吧！

要　求：根据小说中的任意三个场景画出漫画，注明联系方式，用信件或电子邮件寄给我们。两个月内请等待我们的书面或电话通知。

联 系 人：　丁　云

联系电话：　010—83908403

联系地址：　北京市复兴路4号当代世界出版社

邮　　编：　100860

E-mail: dingyun0101@163.com

为了满足广大读者需要，本社竭诚为读者办理邮购业务。请购《商魇》时用正楷将姓名、单位、详细地址、邮政编码书写清楚，在汇款单附言栏中注明所购册数。单本购买者请加3元返程邮资，购两本及两本以上免一切包装及邮费。

汇款地址：　北京市复兴路4号当代世界出版社发行部

邮　　编：　100860

联 系 人：　王尔杰　王文静

联系电话：　010—83908423　　**传　真：**　010—83908410

图书在版编目（CIP）数据

商　魇 / 王晓璇著. —北京：当代世界出版社，2005.2

ISBN 7-80115-896-2

Ⅰ.商… Ⅱ.王… Ⅲ.历史小说—中国—当代 Ⅳ.I247.5

中国版本图书馆 CIP 数据核字（2004）第 138555 号

书　　名：	商　魇	
	SHANGYAN	
作　　者：	王晓璇	
责　　编：	丁　云	
出版发行：	当代世界出版社	
地　　址：	北京市复兴路 4 号　（100860）	
网　　址：	http://www.worldpress.com.cn	
编务电话：	（010）83908403	
发行电话：	（010）83908410	
	（010）83908408	
	（010）83908409	
经　　销：	全国新华书店	
印　　刷：	北京天环图文快速印制服务中心	
开　　本：	889 毫米×1194 毫米　1/32	
印　　张：	8.5	
字　　数：	180 千字	
版　　次：	2005 年 2 月第 1 版	
印　　次：	2005 年 2 月第 1 次	
印　　数：	1~12000 册	
书　　号：	ISBN 7-80115-896-2/I·176	
定　　价：	18.00 元	